口の端からつつ……と透明な水がつたい落ちる。
秘部からも胸の先からもあたたかな水があふれて、
あの瞬間がやってくるのを身体全体で待ちかまえる。

JN073399

龍の執戀　抗争編

お嬢様、組長の妻のお覚悟を

草野 來

Illustrator
北沢きょう

ジュエル文庫

目次

MOKUJI

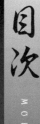

関東大鵜鶘会

初代会長	二代目会長
大鵜鶘仁平（故人）	鷺沼万政（故人）

三代目会長

鳶田 功 (65)

若頭	総本部長
佐渡島組 佐渡島朱鷺(40)	鳩ヶ谷組 鳩ヶ谷太一(68)

若頭補佐

尾長組	雉間組（元連雀組）	二代目鳶田組	二代目鷺沼組
尾長 望 (33)	雉間 悟 (35)	安生地英雄 (38)	目白誠一 (46)

任侠大鵬鶴会

代表
佐渡島組 佐渡島朱鷺（40）

本部長
二代目鷺沼組 目白誠一（46）

百舌組
百舌影文（35）

離反、
新組織結成

※本作品の内容はすべてフィクションです。
実在の人物・団体・事件などには一切関係ありません。

第一章　赤ちゃんとエプロン王子

一

赤ん坊は夏に産まれた。

夫の希望どおりの女の子で、母親譲りの黒々とした豊かな髪と、父親譲りの青みがかった白目が特徴的な、丸々とした元気な子だ。夫は娘の髪の色が、自分と同じアッシュグレーでなかったことに、ほっとしていたようだった。

「赤んぼのくせに白髪みたいな頭だなんて、かわいそうだろ」

そう言って、慣れた手つきで娘を胸に抱いている。ついさっき夜の授乳を終えたので、子どもはとろとろと眠りかけている。この子は父親に抱っこされるのが大好きで、どんなにぐずついていても、大泣きしていても、佐渡島《さどしま》があやすなり、ぴたりとおとなしくなるのだった。

「昨日よりも重たくなってるな」

腕に包んだ娘の重みをたしかめるように夫が言う。

「そうですか。私はいつも抱いているから、あまり分からないけれど」

「坊主がこれくらいだった頃より重いぞ、夏恵《かえ》は。見ろよ、ほっぺたなんかぷくぷくしてる」

「おっぱいたくさん飲むんですよ」

ひづるは微笑《ほほえ》む。赤ん坊の名前は夏恵。生まれた季節である夏の恵みという意味と、自分にとって大切な人物の名前をいただいたのだった。

「それがお前の仕事だもんな」

夫は娘に語りかける。そして自分に向けられている妻の視線に、ん？　という顔をして、

「なんだよ。じろじろ見て」

「いえ……なんだかすごい眺めだなあ、と思って」

風呂上がりの夫は上半身裸のままだった。身につけているのは、黒のアンダーウェアだけだ。

がっしりした肩から広い背中一面にかけ、鮮やかな刺青が刻まれている。ぱっくりと口を開けた龍が半身に巻きついた図柄で、尖《とが》った三本爪は宝玉を握っている。鱗《うろこ》は一枚一枚

丁寧に描かれて顔つきは凶暴だ。

厚みのある筋肉に覆われているだけに、彫られている龍もさながら生きてるみたいに生々しい。

(それにしても、刺青の入った身体《からだ》で赤ちゃんを抱っこしている姿って……すごい眺めだわ)

佐渡島は赤ん坊の頭に鼻先をつけて、「よく寝ろよ」とささやく。寝室の壁際に置かれたベビーベッドの中にそうっと入れて布団をかける。

「こいつは坊主とちがって夜泣きしねえな。手がかからんわ」

坊主とは、今年で六歳になった長男、優《すぐる》のことだ。少し前まではこの部屋で親子三人、川の字になって寝ていたけれど、妹の誕生を機に今は子ども部屋で、ひとりで眠るようになっている。

「あの子はよく夜泣きをしたんですか?」

「あいつはベビーベッドに入れるたびに、目を覚ましてわんわん泣いてた。ああ見えて神経が細《ほせ》えんだ。寝てても分かるんだな、親から離されるのが。だから毎晩添い寝してやってたな」

「……そうですか」

ひづるはぽつりとつぶやく。

自分は赤ん坊時代の優を、この手で育てることができなかった。それは今でも消えない悔恨として残っている。佐渡島が乳飲み子だったあの子を拾って、育てて、守ってくれた。

こうして新たな赤ん坊が産まれて、一から育児なるものに取り組んでいる現在、子どもを養育するということがどれほど大変であるのかが、骨身にしみて分かってきた。と同時に、夫への想《おも》いも日増しに深まっている。

夫は指先で夏恵の頰を、ちょんちょんとつつく。赤ん坊はぴくりとも動かない。

「こいつはけっこう神経太《ふて》えな。きっと母親に似たんだな」

傍らにいるひづるに小さな笑みを向ける。すると精悍《せいかん》な風貌に、ものやわらかな風情が浮かぶ。

「そこはむしろ父親似じゃないですか？　顔立ちだって私より、あなたに似てると思いますよ」

「そうか？」

「ええ。特に目のあたりとか」

ベビーベッドに屈《かが》み込《こ》んで、夫と共に娘の寝顔を観察する。

こうして夫婦そろってゆったりと赤ん坊とふれあえるのは、一日が終わろうとする深夜の時間帯だけだった。夫は朝早くに家を出て夜遅くに帰宅する生活をしており、数ヶ月前、ちょうど夏恵が産まれようとする頃に新団体を立ち上げてからは、以前よりさらに多忙を極めている。

それでも明日は日曜なので〝仕事〟もお休みだ。優を動物園に連れていく約束をしていたのだった。なんでも幼稚園のお友だちの中で、パンダを見たことがないのは自分だけなのだと訴えて、前々から「パンダさんが見たい」とねだっていた。

「トオチャンとパンダさん見て、ゾウさん見て、キリンさんも見るの」

あの子なりに計画を立てて、ＰＣからプリントアウトした動物園の園内マップに見物していく順番をペンで書き込んでいた。興奮して今夜はなかなか寝ようとしてくれなかった。

と、夫が鼻をくんくんさせる。

「なんか乳くさいな」

「あ……あなたがお風呂に入ってる間、おっぱいをあげていたので……」

「そうか」

胸もとに視線を落とされて、なんとなく手で隠そうとすると、むんずと手首を摑《つか》まれる。こういう動作に男を感じる。今の今まで父親の顔をしていた夫が、男の顔に変わっている。

片手でひづるの腕をとったまま、もう片方の手を夜着代わりにしているプルオーバーの下へ差し入れてくる。無造作な手つきでブラジャーをたくし上げると、ふくらみをまさぐりだす。

「んん」

赤ん坊に吸われて敏感になっていた乳首が、たちまちつんと上向いてしまう。

「しかし、デカくなったな」

ごつごつとした手のひらで揉《も》みながら、感心する口調で夫が評する。

「腹は平らになっても胸はデカいまんまなんだな」

「誰の……せいですか」

ぼそりと訴えると「ああ?」と、夫は軽くにらんでくる。白目の青みがぼう、とけぶったように光る。

「お前も言うようになったよな」

楽しげに言いながらプルオーバーをすっぽりと脱がし、あらわになった胸に、がぶりとかじりつく。

「あっ――」

甲高い声が出かかって、すかさず手で口を押さえる。柵の中の赤ん坊をちらりと見る。せっかく寝ついたところなのに、起こしてはいけない。すると夫は歯を立てて、さらに強く食《は》んでくる。

(あ……出ちゃう)

疼《うず》くような感覚が胸の先端に集まり、きゅっと吸われるのと同時に背中がぶるっ……と震える。赤ん坊に吸われるのとは微妙に異なる感覚だった。

「はあ」

吐息をついて、胸に当てられている夫の頭に手を添える。まだ湿りけの残っている銀色の髪を梳《す》く。再び母乳を吸われ、こくん……と喉を鳴らす音が聞こえる。

「甘いな」

ため息混じりに夫はつぶやく。

「こんなのを飲んでんだから、こいつが肥えるのも当然だな」

眠る娘に目をやって、もうひと口、賞味する。室内の空気が自然と艶に染まっていく。

夫は妻の身体をたぐり寄せ、キングサイズのベッドにごろりと寝転がる。別種の生きもののような二つの身体がシーツの上で縺《もつ》れあう。極彩色に彩られた肌理《きめ》の粗い男の皮膚と、乳白色の女の皮膚が重なりあう。

堅くて厚みのある夫の全身には、ところどころに傷痕がある。刺されたか撃たれたかの古い傷が刻印のようについていて、ヤクザとして長い時間を生きてきたこの男の歴史を表していた。

一番新しい傷は、左の脇腹にある三年前の刺し傷だった。ちょうど龍の頭部がある箇所で、不気味な瞳が抉《えぐ》られたみたいになっていて、禍々《まがまが》しさが増している。

けれど、その傷痕がひづるは好きだった。指先でそこを撫《な》でると夫はぴくりと身をゆらす。

「くすぐってえよ」

微笑を浮かべて妻の身体を組み敷く。太い腕で押さえつけて、肌にキスを落としてゆく。丸みを帯びた肩先やほっそりとしたうなじ、両胸の間に顔を埋めて、すりすりと頬ずりしてくる。

「ふ……くすぐった……」

腕のなかで身をよじらせようとすると、さっき咥《くわ》えられたのとは反対側の尖りを含まれ、歯で軽くしごかれる。

「ん！」

かすかな痛みにも似た刺激に、たちまち硬くなってしまう。どうしてだろう。赤ん坊に含ませているときには、こんなふうになったりはしないのに。

きゅう……と音を立てて吸われて、「あん」と声を洩《も》らしてしまう。

こんなふうに、睦《むつ》みあいのさなかにたまに夫は母乳を飲もうとしてくる。それがまた、なんともいえない感覚がするものだから、こちらとしてもついつい許してしまっている。こんな行為は倒錯めいているかもしれない。

倒錯めいているといえば、この男の身体に惹《ひ》かれているということ自体がそうだ。背から尻、太ももにまで刺青が入っていることを差し引いても、夫の裸は迫力がある。手脚も胴も太くて堅く、とても重い。容貌にはどこか無国籍なところがあり、どこの国の人にも見えて、どこの国の人にも見えない不可思議な匂いを醸し出している。今年で四十歳になるけれど、三十代の猛々《たけだけ》しさと五十代の老成さの両方を備えているような佇《たたず》まいがある。

この男の放つ雰囲気が昔は恐ろしかった。厭《いと》わしかった。

それが今は、たまらなく慕わしくなっている。この身体に欲望を覚え、欲している自分を自覚する。

一方、子どもを産んでからというもの、自分自身の身体は女として成熟してきつつある感じがする。先ほど夫が言ったように、胸はかつてなく張りを増し、肌も以前より潤いがある。なによりも育児で疲れてこのところ常に睡眠不足気味なのに、こうして求められると、眠けも疲れも消し飛んでしまう。

夫と肌をふれあわせ、骨太の肉体の重みを全身で受けとめて、深い部分でつながりあう惑溺の味は出産前より濃くなっていた。

しっとりとした長い黒髪を筋張った手がかき分けて、背に唇をつけてくる。妻をうつ伏せにさせ、そのまま背骨にも肩甲骨にもキスをする。

「っ……んん」

くすぐられるような感触にうっとりとして、甘えるように呻《うめ》くと、首の後ろをかぷっと嚙《か》まれる。

「はあ」

犬歯が食い込んで、かすかな痛みの伴う刺激が走る。背後からまわされた両手が、両のふくらみをぐにぐにと揉んでくる。

「う」

シーツに顔を押しつけて、這《は》いつくばった恰好《かっこう》をさせられる。うなじに湿った息がかかって背中に胸筋がつけられる。動物同士の交わりのようなこの体勢が、どうやら夫は好きらしい。

後ろから覆いかぶさられ、セックスというよりも交尾みたいな感じがするので、なんだか恥ずかしい。なのに昂《たか》ぶってきてしまう。

母乳を吸われるのも、後背位をとられるのも、たまらなく恥ずかしい。なのにそうされればされるほど、自分の身体は熱を帯びる。節くれだった手指の間に挟まれた胸の形が、いやらしく変えられてゆく。やや強めに力を入れられるのが、かえって快いくらいだ。

不意に先端から白い水がぴゅっと出て、脳天がじ～んと痺《しび》れる。

「ああっ――」

「ほんとすげえな」

指をつたう白いしずくを夫はぺろりと舐《な》めとって、顔を寄せてくる。大きな舌が遠慮なく口のなかに入り込み、ひづるのそれを搦《から》めとる。

「っ……ん」

母乳の味がふんわりと広がる。夫の言葉どおり、ちょっぴり甘くて乳くさい。

くちゅ、くちゅ……という音が口内に響きわたる。舌と舌を綯《な》いあわせて互いに食みあう。吸ったり、噛んだり、舐めたりするうちに唾液があふれそうになってきて、こくんと喉を鳴らして飲む。

「……ん……」

さらに喉が渇いてきて、もっと飲みたくなってくる。飲みたい。夫の唾液をもっと飲みたい。舌を味わいたい。

昔、夫はキスはしなかった。おそらくキスを嫌っていた。烈《はげ》しいほどの性交のさなかでも頑《かたく》なにキスだけはしてこなくて、ある種の潔癖さすら漂わせていた。夫にとってキスという行為は、軽々しくするべきではないもののように思えた。

それだけに、こうして自然と口をつけあい、舌を絡ませあっていると、陶然とした気分になる。じんわりとした陶酔が舌先から流れ込んでくる。

やがて右のふくらみを揉んでいる手が、すーっと下腹部へと滑ってゆく。下着の縁に指をかけると、足首までひと息に引き下ろす。慣れ親しんだ動作ながら、それでもどきりとさせられる。

脚のつけ根に指を添えるや、「なんだよこれは」と、微笑を帯びた声でささやいてくる。

「すげえ濡《ぬ》れてるぞ」

途端、頬がさっと熱くなる。たしかにそうかもしれないけれど、口に出して指摘されると恥ずかしくなってくる。耳まで赤くなりそうだ。そんなひづるを夫はじっと眺めて、

「まったく……いつまで経《た》っても清楚《せいそ》だな」

「え？」

「ガキを産んでも女房になっても、ほんと清楚だよな、お前」

「そう……ですか」

思わぬ言葉をかけられて、戸惑う。この男が〝清楚〟だなんて言いまわしをしてくるなんて。自分のことをそんなふうに見ているなんて思わなかった。

「そのくせ、こっちはどんどんスケベになってきてよ」

狭間《はざま》を指でこすられて、

「あぁ」

とろりとあたたかい水があふれてくる。四肢が緊張して動悸《どうき》が速まる。二度、三度と繰り返し中指で秘部を摩擦され、腰がひくりと跳ねて、すると捕獲された獲物のようにシーツに押さえつけられる。

太い、武骨な指が左右の花弁をいじってくる。堅い皮膚の感触にぞくぞくしてしまう。指と指の間に両方とも挟まれ、撫でられて、さすられる。空いている手で胸も愛撫《あいぶ》され、白いしずくがまたこぼれる。

「う……っ……ん、ん」

尾てい骨に硬い熱が当たっている。下着越しでもくっきりと欲望の形があらわになって、軽くこすり立ててくる。自分でも意識しないまま腰を上げると、芯熱を尻の狭間に、ぐりっと押しつけられる。

「──っん」

「欲しいのかよ」

「や……ちが……」

「何がちがうよ」

静かな声の調子に欲情がにじんでいる。

夫の声には色気がある。低くて深みがあり、空気を震わすような重低音だ。大きな声を出さなくとも、すっと耳に入ってくる。この声で怒鳴られたらさぞ怖いだろう……と思わせるものがあって、それがまた魅力でもあった。

そんな声音で、ややなぶるような言葉を耳もとでささやかれると、なぜか身体が熱くなる。まさぐられている秘部の奥がじんじんしてきて、疼痛《とうつう》にも似た感覚が芽生える。

そうして頃合いを見定めて、花弁をもてあそんでいる指が、ぬぷ……と体内に埋め込まれる。

「はぁ……ん」

かすれた吐息をつくと、こりこりと浅瀬をかかれる。

「ふっ――っ」

指をくいっと曲げられて、尖った関節が内壁にめり込む。ちょうど弱い箇所だった。思わぬ刺激に下腹部が反応して、指をきゅうっと締めつける。

「すげえな」

また〝すごい〟と言われてしまう。

「ここも、ますますスケベな穴になってよ」

二本目の指を挿し込まれ、中指と薬指でお腹《なか》のなかをいじくられる。押したり突いたりと、思い思いに動かされて、シーツの上で握っている手にぎゅっと力を込める。夫は訊いてくる。

「これ、痛いか?」

「んっ……うう、ん」

ふるふると首を横に振る。痛いどころか、その反対だった。指の節くれでやわらかい内壁をこすられると、くっと息を止めて踏ん張る。たやすく弾《はじ》けないように。

ずっと前、初めて夫の指をここに入れられたときには痛みしか感じなかった。この指の太さや長さ、武骨さを刺青同様に嫌悪していた。恐れていた。

今はいとしい。もっとふれられたい。夫の好きなように思うがままに扱われたい。自分は清楚なんかじゃ全然ない。きっと夫が思っている以上に……みだらで貪欲な人間だ。

内部をまさぐっているのとは別な指が、そのすぐ上の方をくすぐってくる。そうされて、たちまち秘芯《ひしん》が現れた。かさついた指先で摩擦されるや、快感がその一点に集中する。

「あ――っ」

ひづるがびくんと背をしならせると、

「まだイクなよ。はええぞ」

そう命令しながら、夫は親指でそこをぐりぐり押してくる。

どれくらいの強さや速さで扱われたらいいのかは、もうすっかり把握されていた。自分が夫の性器について知悉《ちしつ》しているのと同じくらいに、自分もまた夫に知り尽くされてしまっていた。

ほんの少し撫でられただけで、粒ははしたないほどむくむくとふくらんでしまう。それも自分の指でそうするよりも、夫からされる方が感じてしまう。夫の愛撫はやさしいかと思えば烈しくなり、強くなったりゆるやかになったりと、次の動きが想像できない。それが刺激的でもあるのだった。

秘部からあふれ出てくる水を掬《すく》いとって秘核にすりつけ、じっくりとこすってくる。胸を揉みながら、下腹部に収めた指も動かし続け、三つの愛撫を加えてゆく。

「あ……っ……はぁ」

性感の芯がじくじく疼く。潤みが潤滑剤となって指の堅さをやわらげて、強くこすられても痛くない。むしろ心地いい。気持ちいい。もっといじってほしい。つまんで、ひねって、なぶってほしい。

汗ばんだ首すじを舐められて、顔を後ろに傾けると、口に噛みつかれる。舌に舌が巻きついて、すするような音を立てて強く吸ってくる。耳の後ろがきんと鳴る。

揉みしだかれている左胸の先から白いしずくがこぼれ、甘ったるい匂いが室内に立ち込める。こっちの粒もずきずきするほど凝っている。内壁がきゅうきゅうとせがむように指にまとわりついて、腰がひとりでにゆれはじめる。全身で夫を求めて快楽をほしがっている。

尾てい骨に当てられている夫の昂ぶりに、自ら尻を押しつける。ぐっと押し返され、下着越しにも熱く、硬くなっているのが伝わってくる。

お腹のなかをくすぐる指の動きが小刻みになり、頭の中がぼーっとしてくる。不自然な体勢が苦しくなって唇を遠ざけようとすると、胸を愛撫している左手であごを掴まれ固定される。そうしてキスが続けられる。

（んぁっ……ぁ……）

口の端からつつ……と透明な水がつたい落ちる。秘部からも胸の先からもあたたかな水があふれて、あの瞬間がやってくるのを身体全体で待ちかまえる。

内壁がひくひくと震え、秘核がこれ以上ないくらいぷっくりと勃《た》ち上がる。内側と外側の両方から絶え間ない刺激を交互に与えられ、その間隔がだんだん短くなってくる。そしてある一瞬で重なりあう。

（あ、あ、あぁ……くる……）

ふさがれた口のなかで、はあっと息を吸い込んだ瞬間、限界までふくらみきった粒がぱちんと弾ける。甘い恍惚《こうこつ》が一瞬のうちに全身を駆け抜け、抱き潰されたみたいにへなへなとくずおれてしまう。

「イったか？」

達したての表情を眺められながら問われて、「はい……」と小さくうなずく。

「入れるぞ」

右脚をひょいと持ち上げられて、熱いものがぐにゅりと潜り込んでくる。

「あぁ」

引《ひ》き攣《つ》れた声が洩れる。極まったばかりの秘部が再び刺激されて、開かれる。きついくらいに漲《みなぎ》った芯熱が自分のなかを埋めていく。圧迫感に息が詰まる。

「この格好……いや……はずか……し……」

言葉を発しようとすると、お腹に力が入ってしまうので、きれぎれに訴える。

四《よ》つん這《ば》いになったまま片脚を上げさせられて、犬が用を足してるみたいな体勢で抱かれている。不自然な体位のせいか、それとも角度のせいなのか、いつになく深々と嵌《はま》りあってるようだった。

「恥ずかしくても、好きだろう」

両手で腰を掴まれて、がくがくとゆさぶられる。

「ああんっ！」

嬌声《きょうせい》めいた悲鳴が上がる。光源が夫の先端でこすられて、まぶたの裏で閃光《せんこう》が散る。また弾けてしまいそうだ。そうなったらあとがつらくなる。

夫は、なんだかんだで自分自身も果てるまでは、ひづるを解放してくれない。だからあまり早くのぼり詰めないようにしてるのだけど、これぼかりはコントロールできるものでもない。そうでなくとも出産後、夜の営みを再開してからというもの、自分の身体は以前よりも鋭敏になっていた。

腰をぐっと引き寄せられて、あからさまな後背位をとらされる。「いくぞ」と声をかけ、ずずっと勢いよく自らを沈めてくる。

「ん――っ」

反り返った芯熱が分け入ってくる。やわらかな衝撃と共に、ところどころで引っかかりながらも難なく根もとまで収まってしまう。ごわついた茂みが尻をくすぐる。

（おも……い）

ずっしりと重苦しい熱が、ひづるの内部を這いまわる。奇妙な生きものにも似た動きで内壁を探索し、力強くこすりつけてくる。だけど乱暴ではない。強すぎるほど強くせず、深すぎるほど深くもせず、ひづるの耐えられるぎりぎり寸前のところで手綱をゆるめてくれる。だから苦しくとも大丈夫だ。

昔はこんなふうではなかった。夫との交わりにはいつも苦痛が伴っていた。性器は凶器となって自分の腹を切り拓《ひら》き、執拗《しつよう》に責《せ》め苛《さいな》んできた。恐ろしかった。

今でも夫を恐ろしいと感じるときはたまにある。夫婦になってもこの男は、女に馴《な》らされるような男ではない。いざとなったらいつでも昔の、あの鬼のような恐ろしさを発揮することができるだろう。

だから自分たちの間には、一本の弦を張ったような緊張感が常にかすかに漂っている。それは男と女の緊張感なのかもしれない。

ぱんぱんと弾んだ音を立てて抜き差しがされていく。

「ふっ」

突かれるたびに身体がゆれて、手と足の指をぎゅうっと丸める。ひりつくような刺激が内壁を灼《や》く。ひりひりする。むずむずする。

「ふか……い」

かすれ声でつぶやくと、体勢を変えられる。つながったままくるりと反転させられて、向きあって抱きあう形になる。

「こっちの方がお前はいいだろう」

「……ん」

太い首に手をまわすと、やんわりと抱き返される。腰と腰をぴたりとつける。そのまま、どちらからともなく腰をゆらゆらさせていく。

後ろからの烈しく、攻め立てるような動きから、穏やかな腰使いへと夫の動きが変わってくる。穏やかなだけに念入りだ。妻の内部をすみずみまで撫でこすり、味わおうとするかのように。特に感じる部分は丹念に、倦《う》むことなく摩擦する。

「はっ……ぁっ……ぅ……っ」

下肢がじんわりして、痺れるような感覚が沁《し》み込んでくる。このままとろけてしまいそうだった。夫の性器でさすられる部分から快感が分裂して、自分のなかに拡散する。やるせないような、うっとりするような感じでいっぱいになっていく。

「ふぅ……く……っぅん」

濡れたあえぎ声を出す妻の顔を、夫は両手で包み込む。涼やかな目の際が艶に染まっている。

「どんどんスケベな顔になってきやがって」

薄く微笑んで、不意に敏感な箇所をぐっと押す。

「ぅ――っ」

内壁がすかさず応じる。夫の熱を締めつけて、逃すまいとするかのごとくまといつく。

はあ、と夫がため息をつき、喉ぼとけが上下する。その一点に焦点を当てて自らをこすりつけてくる。鼠径《そけい》部の骨がごりっと当たる。

「も……だ……め……」

訴えかけようとしてキスで口をふさがれる。舌に歯を立てられて、唾液も声も飲み込まれる。舌と舌、性器と性器を絡めあって互いにまさぐりあう。愛しあう。

ぬちゅ……ぬちゅ……と、ぬるんだ音が口からも腹部からも聞こえてきて、呼吸とリズムが重なってゆく。少しずつ、急がずに、一刻一刻を味わうように。手も脚も絢いあわせて、二体の動物のようにうごめきながら快楽のタイミングを計りあう。

夫の肌に彫られた龍が汗でなまめかしく光り、ひづるに巻きついてくる。おぞましくて美しい異形の獣。まるでこの男のよう。

口のなかで夫が短く息を呑《の》み、芯熱が大きくふくらんで、爆《は》ぜる。

（んーーっーーんん）

恍惚があふれてきて、すべての感覚が一つになる。恐れも恐怖も緊張感も消えてしまう一瞬間がやってくる。

「はあ」

吐息が溶けあう。身体をつなげたまま、気だるさの残る顔を見あわせる。

「よかったか？」

「……ええ」

「そうか」

汗で湿った銀髪を撫でて、「ふふ」と、ひづるは小さく微笑む。

「どうした」

「……あなた、変わったなあと思って」

「そうか？」

昔は事後に満足したかどうかなんて、けっして尋ねてこなかった。自分のしたいように抱く──というよりも犯すのに近い荒々しさで挑んできて、こちらの反応なんて少しも気にしなかったのに。

（この人……やさしくなったなあ）

気だるさの残るぼんやりとした頭で、そんなことを考える。

夫はベッドから起き上がると、性器から避妊具を引き剝がす。その動作を見るとはなしに眺めている妻に、軽口を投げかける。

「またすぐ腹がふくらんだら、身がもたねえだろう」

と、サイドテーブルに置いてある夫の携帯電話が鳴る。

「どうした？」

一コールでとりながら、全裸のまま夫は寝室を出ていく。散らばった服を身につけてベビーベッドをのぞき込むと、赤ん坊は熟睡している。親同士が睦んでいる間もぐっすりと。

そこへ夫が戻ってきて、言う。

「わりい、明日も事務所にいかなきゃいけなくなった」

事務所とは、夫の率いる佐渡島組兼、夏に立ち上げた新団体、任俠《にんきょう》大鶚鶏会《おおさざきかい》本部のことだった。

「そうですか」

「坊主ががっかりするだろうな。先週もドタキャンしちまったし」

実は動物園へ行くのは先週の日曜の予定だったのだ。お弁当も準備して、さあ出かけようという段になって、さっきみたいに夫の携帯が鳴り、急きょ〝仕事〟へいく破目になった。あのときは優をなだめるのが大変だった。

「カアチャンと夏恵ちゃんと三人で、パンダさんを見にいきましょう」そうひづるが言っても「トオチャンも一緒じゃなきゃダメ！」と涙目でいやいやをして、へそを曲げてしまった。

出産してからというもの、どうしても赤ん坊にかかりきりになってしまって、最近あの子をあまりかまってあげられていない気がする。佐渡島もこの数ヶ月は多忙で家を空けることが多いので、父親っ子の優としてはさびしい思いをしているだろう。

それで明日は、うんとあの子を甘やかしてあげようと夫婦で決めていたのだった。

「三人でいってきますから。気にしないで」

そう声をかけると、夫は少し考えて「じゃあ、あいつを代わりにつけさせるか」と携帯電話を操作する。相手はすぐさま出たらしく「俺だ」と告げる。

二

「パンダ、ずっと寝っ転がってごはん食べてたねー」

パンダ舎を出てゾウのエリアに向かって歩きながら、優が言う。

「そうねえ。ぬいぐるみみたいで、かわいかったわね」

「うん。お腹ぽこんとしてて、夏恵ちゃんみたいだった」

と、ベビーカーの中の妹に笑いかける。お目当てのパンダを見たので、ようやく機嫌が直ってきたようだ。

今朝は案の定、優はむくれにむくれてしまった。二週連続で約束を反故《ほご》にされて「トオチャンのうそつき！」と癇癪《かんしゃく》を起こした。この子は昔から少々利かん気で、自分の意思をはっきり表す。

さらさらの黒髪にちんまりとした鼻と口、ぱっちりした二重まぶたで、女の子と間違われるほど可憐《かれん》な顔立ちをしているのに、性格にはなかなか勁《つよ》いものがある。

「トオチャンなんかきらいだ。お仕事にいっちゃえ！」と泣きべそをかきながら父親に向かって叫んで、そばで見ているひづるをはらはらさせた。結局、夫を送り出してから親子三人で動物園に来たのだった。

いや、護衛兼子守り役としてもう一人、同行者がいる。

ひづるのすぐ横を歩いているジャージ姿の青年が、前方にあるゾウ広場を指さして優に話しかける。

「ほら坊ちゃん。飼育係の人がゾウさんに餌をあげるみたいだ」

「ほんとだ！　ドードーさん、いこ！」

優は青年の手をとって駆けてゆく。空はすがすがしく晴れて、十一月の下旬にしては暖かな陽気だった。周りには家族連れやカップル、友だちグループなどの来園客が行き交っている。

「カアチャーン、こっち早く！」

ゾウ舎の柵のところで優が手を振る。もう片方の手は、堂道《どうどう》の手を握りしめている。

堂道は佐渡島組の最年少の〝部屋住み〟だ。まだ十九歳だという。部屋住みとは、世間一般の会社でいうところの研修生のようなものだ。雑用をこなしながら、先輩や上司から仕事のイロハを学んでいく。給料は出ないけれど衣食住だけは保証されている。堂道が住んでいるのは事務所近くに借り上げている〈若衆部屋〉専用のアパートだという。

夫が言うには、昔はそれこそ組長や親分の自宅に住み込んでいたそうだった。「相撲部屋とか芸者の置屋みたいなもんだな」と。

「ヤクザも力士も芸者も同じだよな。見習いからはじめて身体で覚えていくんだ」

そういう夫もまた、かつて所属していた組織の会長の許《もと》で、部屋住みをしていた。その人物から盃《さかずき》を受けて一人前になったのだ。

あの人も若い頃は、部屋住みの定番ファッションだというジャージを着ていたのだろうか……。その姿を想像して、くすりと笑ってしまう。

ベビーカーを押すひづるが柵のところまで来ると、堂道は優の隣のスペースを空ける。

焦げ茶色の髪を短く刈り込みつつ前髪は残し、ツーブロックというのだろうか、なかなか凝った髪型だ。パーカー風のしゃれたジャージがよく似合い、ヤクザの見習いというよりもストリートファッションをした普通の男の子という感じだ。容貌は中性的に整って、気配りのある性格をしている。

現在はこの堂道が、ひづるの外出の際の付き添いや、優の幼稚園への送迎を任されている。

柵の向こう側でゾウのランチタイムがはじまった。飼育員の差し出すリンゴや人参《にんじん》を、ゾウは長い鼻で器用に摑んでは口に運んでいく。ゆったりとして厳かな動き方。優は口をぽかんと開けて、背伸びをして眺めている。

すると堂道がしゃがんで、優をひょいと肩車する。

「わあ、ゾウさんよく見える！」

息子は歓声を上げる。

お昼どきになり、園内のカフェテリアで昼食をとることにする。四人掛けのテーブル席で、ひづるは持参したお弁当を出す。

「たくさん作ってきたので一緒に食べませんか？」

堂道に声をかけると、びっくりした顔を向けられる。「よろしいんですか？」

「こんなものでよろしければ」

二段重ねの重箱の蓋を開ける。おかずはゆうべのうちに拵《こしら》えて、おにぎりだけ今朝にぎってきた。甘い玉子焼きにエビフライに春雨《はるさめ》サラダ、ひと口ハンバーグなど、優の好物ばかり詰めてきた。

「やあ、おいしそうだなあ」

そう言う堂道に、「おいしいよ。カアチャンのお弁当はおいしいんだよ」優はえっへんというふうに笑う。

「絵に描いたような遠足弁当ですよね」

ひづるが苦笑すると、

「こういう弁当にオレ、ずっと憧れてました」堂道は言う。

「あら、子どもの頃にこういうの、よく持たされたりしませんでしたか」

なにげなく尋ねると、「オレ、親いないんですよ」と堂道は答える。

「ずっと施設育ちだったんでメシは三食給食で、弁当がいる日なんかは職員さんからパン代もらってました」

しまった、と思う。微妙なところを突いてしまっただろうか……と。そんなひづるの気持ちを察したのか、堂道は明るく笑う。

「すみません、変なこと言っちゃって。ではご相伴にあずかります」

「うん、早く食べよう。いただきまあす」

優の合図で食事がはじまる。お重の下段には、おにぎりを入れてきた。子どもの手でも掴みやすい小さな俵型だ。優はツナマヨおにぎりを両手に一つずつ持って食べている。まるでこうしておかないと取られてしまうとでもいうふうに。

「おいしいです、姐《ねえ》さん。サイコーです」

堂道も若者らしい旺盛な食欲を発揮する。

男性陣が食べている間、ひづるはカフェテリアの隣のベビールームで夏恵に授乳して、おむつを交換する。戻ってくると、堂道がウェットティッシュで優の口もとを拭いていた。その様子は年の離れた兄弟か、あるいは叔父と甥《おい》のようにも見える。

今日は堂道が同行してくれてよかった。彼がいると場が明るくなる。もし自分と子どもたちだけでここへ来ていたら、いまいち盛り上がらなかっただろう。それだけに夫の不在が残念だった。

「あ、そうでしたか」

優はテーブルの上に園内マップを広げて、午後はどのエリアを見てまわるのかを堂道に説明している。

「まずキリンさんを見て、ペンギンさんと、あとカバさんも見るの」

「すごいなあ。ちゃんと地図にいきたいところ、ペンで印つけてきたんだ。坊ちゃんはしっかり者だなあ」

褒められて優はにっこりと笑う。


赤ん坊は授乳後、ベビーカーの中でずっと眠っている。

「夏恵ちゃん寝ちゃった」

優が頭をなでなですると、途端ぱちりと目を開けて、ふぇんふぇんと泣きはじめる。ひづるは抱き上げて、よしよしとあやす。

「ほおら、あっちにお猿さんがいるわよ」

前方に猿山があった。岩石でできた大きな山に、猿たちが何十匹もいる。日向《ひなた》ぼっこをしている猿、追いかけっこをしている猿、毛づくろいしている猿。子猿を胸にしっかと抱いた母猿もいて、なんだか自分たちみたいだ。

赤ん坊は泣くのをやめて、丸っこい手を猿山に伸ばす。

「お猿さん、好き?」と話しかけると、分かっているのかいないのか、「あーあー」と返事をする。青いビー玉みたいな大きな目が顔からこぼれ落ちそうだ。

「赤ちゃん、オヤジにそっくりですね」

控えるように横に立つ堂道が言う。オヤジというのは佐渡島のことだ。

彼ら《ヤクザ》の世界では上司のことを〝オヤジ〟と呼ぶ。上に立つ者が「父親」にあたり、仕える者はその「息子」にあたる。そして「父親」の兄弟分は「伯父・叔父」となる。男性だけで構成される疑似血縁、疑似家族関係だ。

「坊ちゃんは姐さんに似てますけど、お嬢さんはオヤジ似ですね。男の子は母親に似て、女の子は父親に似るんですかね」

「どうでしょうね」

さりげなく濁した返答をする。腕のなかの娘と、手すりから身を乗り出すようにして猿たちを眺めている息子を見比べる。

たしかに優と夏恵の顔立ちはあまり似ていない。それぞれに母親似、父親似といってしまえばそれまでだけど、この子たちの血は半分しかつながっていない。父親がちがうのだ。種ちがいの兄妹《きょうだい》なのだ。それを知るのは自分たち夫婦を含め、ごく少数の身内だけだった。

優は昔の婚約者との間に授かった子どもだった。大物代議士のひとり息子で、本人も政界入りを目指していた。

その父親が次期総理大臣に選出されるかされないかというとき、折悪《あ》しく、当時ひづるの実家の料亭は破産の瀬戸際に立たされていた。その負債を肩代わりしてもらうのを条件に、両家の間で破談の取り交わしがなされた。ひづるがそれを知らされたのは、臨月に入ってからだった。

産まれた赤ん坊は極秘裏に教会の前に捨てられた。それを拾ってくれたのが現在の夫、佐渡島だった。

ひづる自身は赤ん坊は死産したものとばかり思っていた。真相が分かったのは、三年も経ってからだった。子どもの居場所を突き止めて、佐渡島と出会い、その場で手ひどく犯された。思えば最悪の出会い方だった。

初めは佐渡島が大嫌いだった。乱暴で恐ろしい男で、顔を見るだけで身がすくんだ。それが次第に優を通してだんだん彼を知っていき、じょじょに、少しずつ好きになっていった。

その矢先に事件が起きた。

佐渡島の属していた組織内のいざこざに、子どももろとも巻き込まれた。あわやというところであの男が命懸けで助けてくれ、逃がしてくれた。

（でも結局、こうして戻ってきちゃったのよね……）

胸のうちでつぶやく。あんなに嫌いだったはずの男を、いつしか愛するようになってい

た。

最悪の出会い方をして、互いに嫌いあっていた者同士だったのが、今はこうして夫婦になって二人目の子も授かっている。自分たちの歴史を振り返るたびにひづるは、巡りあわせのふしぎささを感じる。

と、夏恵を抱いているひづるの腕を優がくいっと引っ張り、

「お猿さんがケンカしてる」

猿山の一角を指さす。見ると、二匹の猿がぎゃあぎゃあと唸《うな》りあっている。

一匹は大柄で貫禄《かんろく》のある顔つきをしていて、もう一匹はそれより若そうで威勢がいい。ただでさえ赤い顔をさらに真っ赤にして歯を剝《む》き、威嚇しあっている。

「あ、血がでた」

若い方の猿が相手の顔をしゅっと引っかく。たらりと血が流れる。やられた方も負けじと若い猿の肩に噛みつき、二匹は取っ組みあってキーキーと格闘する。周りの猿たちも仲裁に入ろうとはするものの、彼らの剣幕の烈しさに、たじろいでいるようだ。

「もっとやれ、もっとやれえ！」

おもしろがって叫ぶ優に、

「そんなこと言わないの」

めっと叱りつける。

「カアチャンいつも言ってるでしょう。お友だちと喧嘩《けんか》しちゃいけません、って」

「ケンカしてるのはスグじゃないもん。お猿さんだもん」

「それでも、もっとやれなんて言うもんじゃありません」

少し強めに言い聞かせると、優は、ぷうと頰をふくらませる。ふてくされた表情をして、母親からとことこ離れて距離を置く。

「遠くまでいっちゃダメよ」

声をかけるけど無視される。そんな親子のやり取りを常道は黙って見ている。

「どうも近頃、生意気になってきて……」

バツが悪くなり、弁解するみたいにつぶやくと、

「大人になってきてるんですね」堂道は微笑む。

「でも、男の子だったらケンカを見てテンション上がるくらいでいいですよ。やっぱ男の血が騒ぐんだな」

二匹の猿はまだやりあっている。体毛のところどころを血に染めて、唸りあい、引っかきあう。

「ボス猿争いかしら」

ひづるのひとり言に、「かもしれませんね」堂道はうなずく。少し間をおいて、

「なんだかうちみたいだな」

とつけ加える。

「え？」

彼を見ると、静かな視線を向けられる。

「姐さんもご存じですよね。今、大鵠鶴会が二つに分裂していることは」

「……ええ、まあ」

夫は数ヶ月前、長らく所属していた暴力団組織、関東《かんとう》大鵠鶴会から独立した。なんでも信頼している同僚と共に新たな一家を立ち上げたという。その団体名は、任侠大鵠鶴会。

（関東だの任侠だのと、ややこしいわね……）

なぜ独立したのか、そこに至るまでにどんな経緯があったのか。ひづるとしても色々と訊《き》きたい点はあるものの、基本的に夫の仕事には口を出さないようにしていた。

なので、独立の件に関してはアウトライン程度しか知らされていない。

堂道は腕をすっと伸ばし、甲高い唸り声を発している大柄な方の猿を指さす。

「さだめしあいつが本家のオヤジです。関東大鶴鶏会の三代目会長こと、ボス猿の鳶田《とびた》です。はは、年くっててギャーギャーうるせえとこまで似てるなあ」

次に、対峙《たいじ》している若い方の猿を指す。

「それでこっちが本家を割って出たオレたちのオヤジです。オヤジはきっと古いボスをぶち倒して、新しいボスになってくれます」

「倒すだなんて……あの、単に独立しただけなんじゃ……ないんですか？」

物騒な言い方に、心がざわりとする。てっきり元いた会社から独立して、起業したようなものかとばかり思っていた。だって「大鶴鶏会」の名前だって、そのまま使っているくらいなのだから。

「てっきり私、ラーメン屋さんなんかでよくやってるような、のれん分けするみたいな感じなのかとばかり……」

ひづるの言葉に堂道は「ははは っ」と笑う。

「ラーメン屋ののれん分けかあ、そりゃいいや。姐さんってやっぱり素っカタギの方なんですね。そっか、オヤジは姐さんにはなんにも教えてないんですね」

「なんにも……って？」

笑いが治まると堂道は、ややまじめな口調になる。

「のれん分けどころか離反ですよ。自分の組の者《もん》を連れて、長年世話んなったところを飛び出て、しかも似たような名前の団体を立ち上げるなんて、喧嘩を売るようなもんですよ。本家からしたらメンツ丸潰れです。もちろんオヤジも目白《めじろ》の叔父貴も、本家を怒らせるのを覚悟の上でそうされたんですが」

〝目白の叔父貴〟とは、新団体で本部長を務めているという佐渡島の同僚のことだ。

「それじゃあ今……本家とは対立している状態なんでしょうか?」

「表立っては平穏です。なにしろ警察が目を光らせていますんで」

堂道は説明する。暴力団同士の抗争は今や重罰化する一方で、暴対法(暴力団対策法)や組織犯罪処罰法を恐れて、どこの組織も例外なく争いごとは避けている。たとえば末端組員が喧嘩沙汰を起こしたら、当人たちだけでなくトップの者まで〝使用者責任〟の科《とが》で逮捕されかねない。

ヤクザが派手派手しい抗争を繰り広げ、それが世間から許されていた時代はとうに過ぎ去った。今は暴対法や暴排条例(暴力団排除条例)にがんじがらめにされている時代なのだった。

「だから本家の方でも、切った張ったの攻撃なんか、そうそう仕掛けてきませんよ。ただ、その分ねちねちと嫌がらせしてきやがるんです」

「嫌がらせ……って、どんなことをですか?」

そこで堂道は、はっとしたように口をつぐむ。

「すみません姐さん。オレ、調子こいてべらべら喋《しゃべ》っちゃいました。でも姐さんにもオヤジの置かれている状況を、ちょっとでも知っておいてもらいたかったんです。ほんとに今のオヤジ大変そうなんで……」

そう語る堂道の目は熱っぽい光を帯びている。夫の他の部下たちも、同じようなまなざしを夫に向けていたものだった。かつて夫の秘書を務めていて現在は傘下の組を任されている百舌《もず》も、その下についている元部屋住み青年だった番《ばん》も。

男たちは佐渡島に対するとき、みな一様に恐れ、かつ畏れるような顔つきになる。彼らの目には、自分とはまたちがったように夫が見えているのだろう。

「カアチャーン、見て見て」

そこへ、優が何かを手にして戻ってくる。銀杏《いちょう》の葉っぱだった。ハート形の黄色い葉を何枚も握りしめている。

「あっちにね、大きなイチョウの木があったの。きれいな葉っぱ、見つけたの」

「ほんとう、きれいね」

「トオチャンにあげようっと。トオチャン喜ぶかなあ」

「きっと喜ぶわよ」

夏恵も初めて見る銀杏の葉に興味を示し、短い腕を伸ばしてくる。

「ほしい？　じゃあ夏恵ちゃんにもあげるね。どうぞ」

小さな指で器用に葉っぱを受けとると、赤ん坊はさっそく口に入れようとする。

「食べちゃダメよ！」

慌ててひづるが取り上げると、うわーんと泣きだす。

二匹の猿はいつの間にか、どこかにいってしまった。仲直りしたのか、それとも場所を移して喧嘩を続行しているのか。猿山はのどかな雰囲気に戻っていた。


その晩、夫の帰宅は深夜だった。優は「トオチャンが帰ってくるまで起きてるの」と目をこすってがんばっていたけれど、一日外出して疲れたのだろう。普段よりも早く眠ってしまった。

「これ、どうした」

リビングルームのテーブルにある銀杏の葉を手にとり、風呂上がりの夫が尋ねてくる。

これこれこういうわけで……と説明すると、「そうか」と葉っぱに目を落として微笑む。

「坊主には悪いことしたな」

佐渡島はソファにどさりと腰を下ろし、洗い髪をタオルでごしごしこする。例によって下着一枚だ。その後ろにまわり込んで、大きな手からタオルを受けとる。湿りけを含んだ銀色の髪を拭きながら、それとないふうに窺《うかが》ってみる。

「お仕事、大変ですか?」

「ん?」

「このところ、お休みの日も事務所にいくことが多いですし、帰りもいつも遅いから……」

「まあ色々とな」

「色々?」

「ああ、いろんな厄介ごとが次から次に起こってな」

夫は気持ちよさそうに目を閉じている。ひづるの頭には、昼間の堂道の話が残って消えなかった。

〝オヤジは姐さんにはなんにも教えていないんですね〟

特にこの言葉が、喉に刺さった小骨のように引っかかっている。たしかに自分は夫が現在、どういう状況にあるのかよく分からない。何を思って本家を出たのか、これからどこへ向かおうとしているのか、夫は一切語ってくれない。

（結婚したての頃は、まだぽつぽつと話してくれていたのに……）

と、右の手首を不意に摑まれ、ぐっと手前に引き寄せられる。夫は薄目を開けてこちらを見上げ、唇を重ねてくる。上下逆さまのキスをする。

「心配するな」

湿った息が唇にかかる。

「お前は何も心配しなくて大丈夫だ」

妻の心のなかを察するような、低い静かな声音で言う。心配しなくて大丈夫。それは詮索するな、という意味のようにも聞こえた。

三

優の通う幼稚園では、今年から子ども食堂というものをはじめている。

子どもの貧困問題に取り組むＮＰＯ団体に協力して、月に三度、園内の施設を提供していた。教会が運営している幼稚園であるからか、こういった福祉活動には積極的に関わっている。特に子ども食堂には力を入れていて、年長組の保護者たちが交代制で手伝っていた。

夏恵の出産があったので、ひづるの当番は後ろ倒しになっていた。けれど来月からその番がまわってくることになった。

優をお迎えにいった際に担任の先生から、それについて説明を受けていると、

「イケメンの職員さんがいるんですよ！」と周囲の母親たちが教えてくれる。

なんでもスタッフの中にひとり、ぱりっとした好青年がいるという。三十前後のさわやかなハンサムで、子どもたちにはやさしく母親たちには紳士的で、〝エプロン王子〟と呼んでいるそうだ。

「エプロン王子のおかげで、ジャガイモの皮むきするのも楽しかったわー」

「ああ、早く次のお手伝いの番がまわってこないかしら」

「佐渡島さん、なんなら交代してもいいわよ。ほら、あなた赤ちゃんいるし」

どうやらエプロン王子はちょっとしたアイドルみたいな存在らしい。

子ども食堂の当日、幼稚園の閉園後にＮＰＯの面々がやってきた。年配の男性一名に、中高年の女性四名の合計五名だ。

「アジール・ネットワークの山本《やまもと》と申します」

責任者らしい年配の男性から挨拶をされる。

「こちらは今月のお手伝い係をしてくださる、佐渡島さんと安藤《あんどう》さんです」

園長先生から、もう一人の当番の安藤カスミと共に一同に紹介される。そのまま打ち合わせがはじまる。本日の献立は、イカと大根の煮物と玉ねぎとハムのマリネ、それに具だくさんのみそ汁だ。

「フードスライサーの会社から、カットされた冷凍イカを大量にいただいたんです。うまく使っちゃいましょう」

協力団体などから寄付された食材を、毎回うまく活用しているという。そう語る山本氏は、落ち着いた雰囲気で温厚そうな人物だ。各自の分担が決められて準備に入る中、カスミから小声でささやかれる。

「どう見てもエプロン王子、いませんよね」

「あ、そういえばそうですね」

スタッフの中で男性は山本氏だけ。氏がエプロン王子では……さすがにないだろう。

「う～ん残念。私ってば、こんなエプロンまで買ってきちゃったのに」

カスミは苦笑する。ワンピース風の花柄エプロンで、幅広のウエストリボンを前で結んでいる。ふんわりとした栗色《くりいろ》の髪が肩先で軽やかにゆれて、華やかな模様のエプロンとよくあっている。

カスミはひづるより一歳年下の二十六歳で、小柄で丸顔なので実際よりも若く見える。彼女とは顔見知り以上、ママ友未満という仲だ。その娘のひらりちゃんは、優と一緒にプレイルームで遊んでいる。食事ができるまで、参加者の子どもたちは園内で自由に過ごしているのだった。

ひづるは髪を後ろで団子にしてまとめ、ゆったりとしたリネンの割烹《かっぽう》着風エプロンを着けている。背中には夏恵をしょっている。

二人の担当はイカ大根だ。まずは二十本の大根の皮をむき、子どもも食べやすいように小さめに乱切りにして、だし汁を張った大鍋でふっくらと煮つける。

「じゃあ、取りかかりましょうか」

そうカスミに声をかけたとき、調理室の前方のスライド式ドアが、がらっと勢いよく開けられる。

「遅れて申し訳ありません！」

男性の声だ。入口の方をちらと見て、ひづるははっと息を止める。手にしている大根を、ごとりとステンレスの調理台に落としてしまう。

（え……？　なんで……どうしてあの人が……）

頭の中が数秒、空白になった。カスミの弾んだ声が遠くから聞こえてくる。

「ね、エプロン王子って、あの人ですよね」

黒のジャケットに白いシャツ、コーデュロイパンツ姿の男性が、そこにいた。柔和でおっとりとしたハンサムな顔立ちは、たしかにどこか〝王子〟っぽい。

そこにいるのは鷹雄《たかお》だった。

自分の元婚約者であり、優の血縁上の父親——創路《いつじ》鷹雄が上品な顔をややこわばらせ、目に驚きの色を浮かべてひづるを見つめていた。

「清水《しみず》くん、お疲れさま」

みそ汁の具材を切っていた山本氏が、鷹雄に声をかける。

「ご紹介します。うちの職員の清水です」

カスミと共に引きあわされると、懸命に動揺を押し隠し、ひづるは表情を消して彼を見る。

「初めまして……清水といいます」

「佐渡島です」

「安藤でーす」

じゃあイカ大根はこの三名にお任せします、と山本氏は言う。

（どうしてこの人が……ここにいるの？　それに、なんで〝清水〟だなんて呼ばれているの？　たしか逮捕されたはず、だったわよね……もうお父さんの秘書はやってないのかしら……）

疑問が次から次へと湧いてくる。鷹雄は約二年前、秘書を務めていた父親の資金絡みのトラブルで逮捕されたはずだった。実刑判決が下ったのか、執行猶予がついたのかは自分の知るところではない。

「ひづるさん、どしたの。ぼーっとして」

カスミの声で我にかえり、「ううん、なんでもないの」と、ぎこちなく微笑んでみせる。カスミの後ろに立っている鷹雄もまた、ぎこちない様子でひづるの背中の赤ん坊を見ている。

とっさに夏恵を隠したくなる。彼にこの子を見せたくない。まして優は。

「あの、イカの下拵《したごしら》えは私がするので、大根の方をお願いします」

そう言って調理台の端へと移動し、黙々とイカの皮を剝いてゆく。

「それじゃ清水さんは大根を洗ってってもらえますか。私、切ってきますんで」

指示を出すカスミに「分かりました」と鷹雄はうなずき、ジャケットを脱いでエプロンをつける。カーキ色のしゃれたワークエプロンだ。カスミと並ぶと料理中のカップルのようにも見える。

鷹雄はシンクの蛇口をひねって勢いよく水を出し、葉つき大根を丁寧に洗っていく。

「これ、葉っぱはどうしましょう?」向こうの調理台にいる山本氏に尋ねる。

「みそ汁に入れちゃうから、適当に切って持ってきてください」山本氏が言う。

「了解です」

鷹雄は洗った大根の葉をちぎり、包丁でざくざくと切る。

「清水さん、手際いいですね。お料理よくされるんですか?」

「最近です。ひとり暮らしをはじめて、ここで働くようになってからです」

カスミが問うと、

「へえ。前はどんなお仕事をされてたんですか?」

「……親の仕事を手伝っていたんです。でも、やめました」

「どうしてですか? あ、営業方針のちがいとか? それとも店を畳まざるを得なくなったから、とか?」

「まあそんなものですね」

カスミの質問に、鷹雄は穏やかな口調で応じている。その会話がどうしてもこっちの耳にも入ってくる。

（すごいわ、カスミさん……ぐいぐいいくわね）

イカのワタを破らないよう注意して引き抜きつつ、ちらりと鷹雄の横顔を見る。

頬骨が浮いて、最後に会ったとき――つまり三年前よりも――痩せたようだった。そのせいか雰囲気が少し変わっている。品のいいお坊ちゃま然としていたのが、今は適度な苦労人という感じだ。

ふと、彼と目があって、ひづるはさっと視線を逸《そ》らす。鷹雄には恨みがあった。怒りがあった。

一方的に婚約破棄され、捨てられたのはまだいい。それによって実家の負債を肩代わりしてもらったのだから。許せないのはただひとつ。我が子を捨てて、しかも三年も経ってから取り戻そうとしてきたことだ。それも手荒い方法で。

忘れもしない三年前。鷹雄は知り合いのヤクザに依頼して、自分と優を佐渡島の許から拉致しようとした。そのヤクザというのが当時、佐渡島と跡目争いを繰り広げていた人物だったため、事態は悪化した。多くの人を巻き込んで血が流れた。

最終的には収まるべきところに収まったとはいえ、鷹雄に対する怒りは今なお、ひづるのなかで熾火《おきび》のようにくすぶっている。普段は思い出すこともないけれど、その火はけっして消えていない。

自分だけならまだしも、優を危険な目に遭わせた。愛情からではなく、自らの血を引く子どもだからという理由であの子を奪おうとした。鷹雄のそんなところが許せなかった。

料理ができあがると、ひづるはそそくさとエプロンを外して山本氏に挨拶をする。

「それでは失礼します」

「食べていかれないんですか？　いつもみんなで一緒に食べてるんですが」

謝礼を出すことができないので、お手伝いしてくれた人には共に作った食事を提供しているのだという。

「せっかくですが、赤ん坊もいますので……」

「そんなこと言わないで、食べていきましょうよー」

帰り支度をするひづるをカスミが引き止める。

「ひづるさんが帰っちゃったら、手伝い係が私だけでさびしいじゃないですか！　優くんだって、ごはんができるのを待ちながらいい子で遊んでるのに。それで食べないで帰るだなんて、かわいそうですよ」

という具合に押し切られてしまい、結局、食べていくことになる。

園児たちが普段、給食を食べているランチルームが食堂として開放されている。そこではもう三十名ほどの子が待っていた。小学校の低学年から中学生くらいまでと、年齢は様々だ。

湯気の立つ大鍋をワゴンに載せて運んでいくと、歓声が上がる。

「順番に並んでね。横入りはダメよー」

配膳係のスタッフのかけ声で、たちまち行列ができる。優と合流して自分たちも列に並ぶ。

「ひらりちゃんと仲良く遊んでた？」と尋ねると、「うん」と優はうなずく。

「お絵かきしてたの。この前見てきたパンダさんの絵をかいたの。後でカアチャンに見せてあげるね」

後方の、横長テーブルの一角にカスミ親子と一緒について「いただきます」と合掌する。優は熱々の大根にかぶりついて「あち！」と叫ぶ。

「フーフーしないとダメなんだよ」

その正面に座るひらりが、お姉さん口調で言う。カスミとよく似たふんわりした髪を耳下で切りそろえ、広い額が利発そうな女の子だ。優と同じ年長組の園児だった。

「はいはい、注意するのもいいけど、あんたは玉ねぎちゃんと食べなさいよ」

マリネの玉ねぎをよけてハムだけ食べている娘に、カスミは注意する。

「ひらりちゃん、玉ねぎ食べれないんだ」

優の言葉に、ひらりはすかさず言い返す。

「焼いてたら食べれる。でもこれ生だから、からいから」

「からくないよ。シャクシャクしてて、おいしいよ」

「そうなの、じゃあ食べてみる」

そんなやり取りをする子どもたちを眺めて、母親たちは微笑みあう。

ひづるの膝の上で哺乳瓶のミルクを飲んでいる夏恵も、いつになくにぎやかな食事の雰囲気に興奮気味だ。「ぶ、ぶ」と横にいる兄のお皿に手を伸ばそうとして、「夏恵ちゃんにはミルクがあるでしょ」と言われている。

「この子、絶対将来、美人さんになりますよね」

赤ん坊をしげしげ見つめて、カスミが言う。

「目がちょっと青っぽくありませんか？　かわいいなあ。赤ちゃんなのにすごく目力あって」

「うちのトオチャンも目、青いよ」と優。

「そうなの？」とカスミ。

「うん、でもトオチャンの髪は銀色なの。夏恵ちゃんは黒いけど」

「え⁉　ひづるさんの夫さんって外国の方なんですか？　たまにお迎えにきてる、いつもジャージ着てる男の人じゃないですよね。だって若すぎますもんね」

「あれはドードーさんだよ」

ひづるに代わって優が答える。

「ドードーさんって？」

「ええと、夫の……会社の部下の方でして」と、これはひづるが言う。

「ええ！　夫さんって会社の社長さんなんですか！　それで外国の方って、ひょっとして外資系とか、ＣＥＯとか⁉」

好奇心いっぱいに目を輝かせるカスミに対し「その、ええと……」と口ごもる。たしかに社長といえばそういえるのかもしれないが、

（うちの主人は暴力団を営《や》っております、だなんて……言ったら絶対引かれちゃうわ……）

「あとね、あとね、トオチャンの背中には絵が……」

父親の話題になって嬉《うれ》しい優は、さらに話し続けようとする。そこへ、鷹雄がやってくる。

「今日はどうもありがとうございました」

ひづるはとっさに椅子を引き、ギギッと鈍い音を立ててしまう。夏恵がびくりと驚いて

「ふんにゃあー」と泣きだす。

「ああ、よしよし」

鷹雄から隠すようにして赤ん坊を腕に抱く。

「たくさんお子さんが来てるんですね。毎回こんなに盛況なんですか？」

カスミの質問に、「そうですね」と鷹雄はうなずく。

「親御さんの帰りが遅かったり、食事をちゃんと食べられなかったり、色々な子どもがいるんです。この地域で子ども食堂を行っているのはうちの団体だけなので、ご協力くださって本当に感謝しています。イカ大根、大好評ですよ」

「うん、おいしいよ。おじさんも作ったの？」

優が屈託なく鷹雄に話しかける。ひづるの心臓が、どくんと鳴る。

「みんなで一緒に作ったんだ。いっぱい食べてってね」

そう答えて数秒、鷹雄は優を見つめる。やさしげな、ほんのわずか悲しげなまなざしで。

それからひづるにも声をかける。

「お食事中に失礼しました」

「いえ」

顔をそむけたまま、ひづるは小さく会釈を返す。

その晩、久しぶりに息子と一緒に眠ることにする。夏恵を寝かしつけてから、夫婦のベッドの中で優に絵本を読み聞かせる。

「今日の夜ごはん、楽しかったね」

ひづるにぴたりと身を寄せて優が話しかける。

「人がいっぱいいて、にぎやかで、おいしかったね」

「……そうね」

やがて、小さな頭がこくりこくりと舟を漕《こ》ぎはじめる。

「眠くなってきた？　もうネンネする？」

「ん、まだだいじょぶ……」

胸もとに顔をすり寄せてくる。小さな鼻をひくひくさせて、

「カアチャンのにおい、いいにおい……だいすき。いちばんいいにおい……」

お腹をぽんぽんとさすると、子どもはすーっと深いところに落ちていくみたいに眠りに落ちる。その寝顔を見つめながら、今日のことを思い返す。

この子は鷹雄を憶《おぼ》えていなかった。初めて会う大人を見るような目で彼を見上げ、屈託なく話しかけ、そして忘れた。向こうにもそれは伝わった。

当たり前だ。三年前に一度きりしか会っていない相手、それも幼児に、自分を憶えていてもらおうだなんて虫がいいにもほどがある。

鷹雄と最後に会ったのは、三年前の六月だった。当時三歳だった優を連れて彼との対面に臨み、復縁を申し出てきたのをぴしゃりと撥《は》ねつけた。もう二度と会うことなんてないだろうと思っていた。この三年、彼を思い出すこともほとんどなかった。

ほとんどない——ということは、ごくまれにはある、ということだったが。

優が成長していくにつれ、ふとしたときの表情や笑顔、そして寝顔などに、鷹雄を思わせるところが少しずつ増えてきている気がする。この先さらに大きくなっていって、トオチャンと自分がちっとも似ていないことを、この子自身がふしぎに感じるようにもなるかもしれない。すぐ先ではないけれど、もしかしたらいつの日か。

そのとき、私はこの子にどう向きあえばいいのだろう。

そんなことを考えながら照明を切る。やがてベッドに夫が入ってくる気配を感じる。

「……おかえりなさい」

夢うつつにつぶやくと、「起こしたか、わりぃな」と低い声がする。「坊主もいるのか」

サイドテーブルのスポットライトがついて、銀色の髪が暗闇の中、ぼうっと浮かび上がる。夫婦で息子を間に挟んで横たわる。楽しい夢でも見てるのだろうか、優は眠りながら笑っている。

「こいつの寝顔を見るのも久しぶりだな」

夫は息子の髪を撫でる。そういう夫の表情はなんだか疲れて見えた。テーブルの上の時計に目をやると、午前二時になろうとしている。

「今日も遅かったんですね」

「ああ」

と、夫がじっと自分を見つめる。うっすらと青みを帯びた目の表面が、けざやかに光る。

「何かあったか?」

簡潔に尋ねられて、ぎょっとする。

「い、いいえ、べつに何も……どうしてですか?」

「いや、なんかいつもとちがう感じがした。なんでもないならいい。消すぞ」

「はい……おやすみなさい」

照明が落とされ、再び部屋が暗くなる。静寂。しばらくして夫の寝息が聞こえてきた。

(どうして何かあったって……分かったのかしら)

毛布の下で左胸を押さえると、心臓の鼓動が少しばかり速い。

もともと鋭いところがあるとは思っていたけれど、改めて夫の勘のよさが空恐ろしくなる。佐渡島の気性を考えると、鷹雄と遭遇したことは黙っている方がいいかもしれない。

佐渡島にはすべてを打ち明けていた。自らの過去も、優の生い立ちも、そして鷹雄という婚約者がかつていたことも。優の父親は彼であり、出産直前に捨てられたという恥も、何もかも夫には包み隠さず明かしていた。

話し終えた後、抱きしめられて「つらかったな」と言われた。そのひと言に自分は救われた思いがした。

今さら鷹雄のことを持ち出して、夫を嫌な気持ちにさせたくない。自分としても、寝た子を起こすような真似《まね》は避けたくもあった。子ども食堂を手伝うのはどうせあと二回なのだし、優は今年で園を卒業する。だからもう、その後は鷹雄と関わることはない。

(うん……やっぱりこの人には……今日のことは言わないでおこう。その方がいいわよね、お互いのために)

そう自分に言い聞かせて目をつむる。夫と息子の呼吸音を顔のすぐそばで感じて、眠けが降りてくるのを待ちながら。

四

その十日後、二度目の当番の日がやってくる。

前回同様エプロンを持参して幼稚園へいくと、年長組のお迎えの保護者たちの中にカスミの姿が見当たらなかった。帰りの時刻のチャイムが鳴り、園児たちが一斉にわらわらと建物から出てくる。優が母親を見つけて駆け寄ってくる。

「カアチャン、今日も幼稚園で夜ごはん食べるんだよね」

「う～ん、今夜はおうちで食べない？」

「えー、ここで食べたい！　みんなでわいわいしながら食べたい！」

「まあ……とりあえずカアチャンはお手伝いにいってくるから、この前みたいに、ひらりちゃんと遊んでいてね」

すると「ひらりちゃん、いないよ」と言われる。熱を出して午前中に早退したのだという。

「ひらりちゃんのお母さん、迎えにきてたよ」

トートバッグから携帯電話を取り出すと、メールが一件入っていた。カスミからだ。件名は「ごめんなさい!」。

『ひらりが熱を出しちゃって、いま病院なんです。インフルエンザじゃないといいんだけど……今日のお手伝い、お休みさせてください。すみません！　エプロン王子によろしくです！』

彼女が休むということは、今日の手伝い係は自分だけ、ということになる。

(よろしくって……それはちょっと……いえ、だいぶ困るわ)

思えばカスミがいてくれたから前回は助かった。彼女が鷹雄に積極的に話しかけてくれたおかげで、ひづるは彼を無視することができた。そのカスミがいないとなると、非常にやりづらくなる。

かといって自分まで休むわけにはいかない。こういう役割はちゃんと果たしておかないと、後々になって親同士の間で角が立つのだ。

(うう。こうなったら……肚《はら》をくるしかないわね)

『こちらは大丈夫ですので、気にしないでください。ひらりちゃん心配ですね。どうぞお大事に』

カスミにそう返信すると、優をプレイルームまで連れていき、他の子たちと遊んでいるようにと言う。それから覚悟を決めて調理室へと向かう。

鷹雄は今日は遅刻しなかった。アジール・ネットワークの面々と一緒にやってきて、若い男手とあってジャガイモやらキャベツやら、重い野菜の入った段ボールをせっせと運び込んでいた。

山本氏にカスミが来られなくなった旨を告げると、

「お子さんが熱を。そりゃあ大変だ」

「その分、二人分働きますので、なんなりとおっしゃってください」

そう言うと「ありがとうございます」と微笑まれる。この人には好感が持てていた。こういう活動をしていることに、ある種の信念を感じる。子どもたちからも好かれているようで、「山本さん」「おじちゃん」としきりに話しかけられている。

本日の献立は豚肉の生姜《しょうが》焼きとポテトサラダ、キャベツとコーンのスープだ。山本氏の采配で分担を決めていく。

「佐渡島さんは今回も清水くんとコンビで、ポテトサラダをお願いします」

「……分かりました」

(平常心よ、平常心……落ち着いて)

心のなかで繰り返しつぶやく。あの男は他人、赤の他人……と。

生姜焼き班、スープ班という具合に、調理室内にそれぞれの島ができる。ポテトサラダ班は隅の方の調理台を使うことになる。鷹雄はこの前と同じカーキ色のエプロンをつけている。戸惑い気味の微笑を浮かべ「ええと……」と話しかけようとしてくるのを制し、ひづるの方から指示を出す。

「〝清水さん〟には玉ねぎを切るのをお願いしても、いいですか。このとおり背中に赤ん坊がいますので、目にしみさせたくないんです。私はジャガイモの方をやります」

「あ、はい」

鷹雄は呑まれたようにうなずく。調理台を挟んで対角線上の端と端の位置につき、作業に取りかかる。段ボール箱いっぱいのジャガイモの皮を、ひづるはピーラーで剝いていく。斜め向かいの鷹雄をちらと見る。袖まくりをして、危なげない手つきで包丁を使っている。玉ねぎを半分に切って皮を剝き、とんとんと音を立てて薄切りにしていく。

(料理……できたんだ)

意外だった。ひづるの知っている鷹雄は、料理なんてするような人ではなかった。身のまわりの世話は使用人任せで、炊飯器にもさわったことがないと言っていた。自分が世間知らずだったのと同じように、鷹雄もまた典型的なお坊ちゃんだった。二人とも息の仕方も知らないような子どもだった。

「元気そうだね」

包丁を動かしながら鷹雄が言う。

「……あなたこそ」

ひづるもまた、ピーラーの手を止めずに答える。

「お子さんが産まれたんだね……旦那さんとの間に」

「ええ。おかげさまで」

「あの子も大きくなったね。たしか今年で六歳だったよね、優《ゆう》は」

息子のことを〝ゆう〟と呼ばれ、「〝すぐる〟です」と、ひづるは訂正を入れる。きっと彼をにらみ、硬い声で牽制《けんせい》する。

「あの子の名前はすぐるです。人の子の名を気安く呼び捨てにしないでいただけますか」

さらにこうつけ加える。

「主人はあの子を目の中に入れても痛くないほど、かわいがっておりますので」

〝主人〟という言葉に、鷹雄の目に怖気《おじけ》の色が浮かぶのを見てとる。それはヤクザに対する一般人《カタギ》の当然の反応だった。我ながら虎の威を借る真似をしているとは思ったが、こと鷹雄に対してだけはかまわないという気持ちだった。

「そうみたいだね。この前、あの子に話しかけてみてすぐ分かったよ。親に愛されている子どもの顔だなあ、って」

「……」

「幸せなんだと思った。あの子も、きみもね」

静かな表情で鷹雄は言う。その後は黙って調理を続けた。

プレイルームで優は、年上の小学生の子たちに遊んでもらっていたそうだ。

「何して遊んだの？」

「かくれんぼとおままごと」

おままごとでは、一番年少の自分がお父さん役をしたのだと得意げに説明する。

「トオチャンみたいに朝起きたらフッキンとうで立てふせをして、おひげをそって、赤ちゃんの爪を切ってあげて、会社にいったの」

生姜焼きとポテトサラダを交互に口に運びながら、楽しかったと語る。前方のテーブルで、山本氏を囲んでいる男の子と女の子のグループが、こちらに向かって手を振ってくる。優も手を振り返す。

「あの子たちと遊んだの？」と問うと、「うん」とうなずく。

子ども食堂は夕方の五時半から食事がはじまり、その後は七時まで自由時間となっている。食べたらすぐに帰る子もいれば、再び遊びはじめたり、勉強をする子らもいる。

「ねえカアチャン、ごはん食べたら、もうちょっと遊んでもいい？」

新しくできたお友だちの方をちらちら見ながら、優が訊いてくる。

「オセロ教えてくれるって言ってたの。カアチャン、オセロって知ってる？」

驚いた。今日会ったばかりの、それも年上のお姉さんやお兄さんたちと息子がすんなり仲良くなっていることに、ひづるは心底驚いた。まだ赤ちゃんだとばかり思っていたのに、子どもはどんどん自分の世界を広げていってる。

「カアチャンお願い。もうちょっと遊びたい。明日からおうちのお手伝い、もっとするから」

ひたむきな口調で懇願されて、

「じゃあ、カアチャンは調理室で後片づけをしてくるから、それが終わるまでの間ね。約束できる？」

「できる！」

食べ終えた食器を所定の場所まで運んでいくと、優は友人たちの方へ走っていって合流する。こっちを振り向きもしない。

その後ろ姿を眺めて微笑ましく思うのと同時に、なぜだかちょっぴりさびしい。子どもはだんだん大人になっていく。それは少しずつ、親離れしていくということでもある。

後片づけにはさほど時間はかからなかった。皿洗いは洗浄機に任せて、使用した鍋を洗って水気を切り、調理台を拭いていく。作業を終えるとスタッフの女性たちから誘われて、ランチルームで食後のお茶を飲む。

「赤ちゃん、いい子ちゃんにしていますね」「何ヶ月ですか」

ひづるの膝の上に鎮座している夏恵に、好意的なまなざしが寄せられる。

食後は空間内の一角が学習スペースになっていた。横長テーブルをつなげて場所をつくり、山本氏と鷹雄が先生役を務めている。六、七人の子どもたちに手分けして教えているのが目に入る。他のスタッフはプレイルームの監督と、入り口で子どもたちの見送りをしている。

アジール・ネットワークは、山本氏が立ち上げたNPOだという。子ども食堂だけでなく、無料の学習支援や貧困支援、子育て応援活動などを行っている。正規の職員とボランティアメンバーで運営しているそうだ。

「なにしろ男手が足りなくて、重い荷物を運ぶのや力仕事とか大変なんですよ。山本さんも、もうお年だし」

「こういう活動に参加してくれるのは、だいたい女の人ですね。男性は少ないですよね、特に若い人は。だから清水さんが入ってくれて助かりました」

彼女らは鷹雄の方に目を向ける。彼は十歳くらいの男の子の勉強をみてやっている。

「あの方は……最近入られたんですか?」

赤ん坊の頭を撫でて、できるだけさりげない感じで問うてみる。片方の女性が、

「たしか三ヶ月くらい前だったかしら。ねえ」

もう一方の女性に振ると、

「あら、まだそんなだったかしら。ずっと前からいるみたいになじんでるわよね。たしか山本さんの紹介で来てくれたんですよ」

「いい方ですよ、清水さん。まじめでやさしくて人当たりもいいし、ね」

「やっぱり若い男性がいると頼もしいわね」

そんな会話をひづるの前で繰り広げる。

ずっと静かにしていた夏恵が、突然「ふぇ〜ん」と泣きはじめる。お腹が空いたようだ。ひづるは中座し、園内の授乳室でおっぱいをあげる。もう七時だった。そろそろおいとましよう。

荷物を取りにランチルームへ戻ると、勉強していた子どもたちがテーブルを元の位置に戻している。さっきまで会話していた女性スタッフたちはいなかった。挨拶をしようと山

本氏を目で捜すと、

「お疲れさま」

背後から声をかけられて、びっくり仰天する。鷹雄だった。ひづるは顔をこわばらせて、

「あの……山本さんはどちらにいらっしゃるでしょうか？」

よそよそしい声で尋ねると、園長室へいったという。

「すぐに戻ってくるよ。伝言があったら伝えておくけど」

どうしようかと考えていると、肩からかけているスリングに包まれた赤ん坊に、鷹雄は視線を落とす。見知らぬ人にも物怖《ものお》じしない夏恵は「だあ」と反応する。

「やあ」

鷹雄が目を細める。

「やっと起きてるときに会えたね」

屈んで子どもに話しかける。すると夏恵はさっき飲んだばかりのおっぱいを、鷹雄にぴゅっと吐きかける。

「うわあっ」

赤ん坊は「けぷん」と大きなゲップを一つして、にこにこ笑う。

「ご、ごめんなさいっ！」

　ひづるはバッグからハンドタオルを取り出して、鷹雄のシャツをごしごし拭く。ボタンダウンの白いシャツに未消化の母乳が染み込み、甘酸っぱい匂いがぷ～んと広がる。

「顔にかからなかった？　すみません。クリーニング代、出します」

「いや、大丈夫だよ。気にしないで」

「でも……」

　そこでふと目があって、ひづるは彼からすっと身を離す。鷹雄は少しだけ傷ついたような微笑を浮かべ、

「少し、話せないかな」

　すぐ横にあるテーブルを目で示す。


　つい四ヶ月前まで、鷹雄は北関東の社会復帰促進センターにいたそうだ。

　裁判で執行猶予は結局つかず、一年半の実刑判決を受けた。なのでまだ仮釈放中の身だった。「前科一犯だよ」

　鷹雄は笑って肩をすくめる。山本氏は彼の保護司なのだという。

「出所してから山本さんには本当にお世話になっているんだ。生活の立て直しから個人的な悩みまで色々と聞いてくれて。その流れで、うちのＮＰＯで働かないかと誘われてね」

テーブルを挟んでひづると向かいあって座り、訥訥《とつとつ》とした口調で語る。今は離婚した母親の方の苗字《みようじ》である〝清水〟を名乗っているとのことだ。

アジール・ネットワークで鷹雄は一般業務の他、今日のように現場の助《すけ》っ人《と》、そして寄付金や活動資金を集める「ファンドレイジング」を担当しているという。

「皮肉だよね。父の秘書を務めていたときのスキルが、なんだかんだで役立ってるよ」

「お父さまは……お元気ですか」

周囲に聞かれないよう、声を低くしてひづるは尋ねる。鷹雄の父親は総理大臣を辞任したのちに政治献金を巡るスキャンダルが次々に発覚し、息子共々起訴されたはずだった。

「父は関西に移住して、悠々自適に暮らしているよ」

なんでも東京の一等地にあった自宅を処分して、神戸《こうべ》の避暑地にある別荘に移り住んだのだという。政界をすっぱりと引退し、今は温泉とゴルフ三昧らしい。

「そうですか」

それを聞いて、ひづるからは何も言うことがない。ただ、なんとなく鷹雄に憐《あわ》れみを覚えた。政治家絡みの犯罪で秘書が逮捕されるのはお約束だ。だけど、鷹雄は実の息子である。我が子に服役をさせておいて自分はハッピーリタイアするなんて、いったいどういう父親なのだろう。

目の前の鷹雄を改めて眺める。短く切りそろえた髪の毛に、少し白髪が混じっている。それがいっそう憐れみをかき立てた。

政治家の跡取り息子で、自他ともに認めるサラブレッドだったのが、前科一犯の元犯罪者になっている。自業自得といえばそれまでだけど、彼を見ていると、かつての親がかりで生きていた頃の自分を見るようだった。

ふしぎだ。鷹雄に対する怒りはまだ消えていないはずなのに、それとは別に同情心も生まれてくる。

「身から出たサビだね」

鷹雄はぽつりと言う。三年前、ひづるに復縁を拒絶されてからというもの、坂道を転がり落ちるように何もかもが悪くなっていったという。仕事も私生活も父親との関係も。それでも総理を辞した父の跡を継ぐつもりで出馬しようと準備していた矢先に、身に覚えのない不正の嫌疑をかけられた、と。

「ちなみに……僕が逮捕されたことは知っていた?」

「テレビなどで、けっこう報道されていましたから」

「ああ、そうだったね」鷹雄は苦笑する。

『元総理の息子にして私設秘書、父親の政治資金を溶かす!』といったニュースが、当時テレビやネット、週刊誌でも話題になった。政治家のドラ息子がやらかしたという扱いだった。

「お父さんの身代わりで……罪をかぶったのですか?」

さらに声をひそめてひづるが問うと、

「それも秘書の仕事だと説得されたよ」

鷹雄は答える。若干自虐的な、ヒロイックな口ぶりに聞こえなくもなく。

それでも父親に逆らうことはできなかった。今までずっと親の言うとおりに生きてきた。進学する学校も、付き合う友人も、将来の道も、みんな父親が決めてきた。何かしたいときにはまず父親にお伺いを立て、ダメだと言われたら、どんなに諦めがたくとも諦める。そんなやり方が骨の髄まで染みついていた。

「情けないよね。でも、そうすることで父の自慢の息子になりたかったんだ。父に認められて、褒められたかった……愛されたかった」

収監中、父親は一度も息子の面会には来なかったという。弁護士から実家の邸宅を処分した旨を告げられて、移住先の住所のみを知らされた。おそらく自分は見限られたのだろう。うすうすそんな自覚はあった。

「だから出所したときは、正直いって途方に暮れたよ。これからどうやって生きていけばいいのか、ほんとうに分からなくて」

　そこへ手を差し伸べてくれたのが、山本氏だった。多くのNPOは資金不足に悩んでいる。きみはMBAの資格も持っていることだし、秘書時代に培った知識と経験をうちで活《い》かしてみないか……と、誘う形で仕事を与えてくれたのだという。

「大変だけど楽しいよ。今は毎日がとても充実している。同じ資金調達でも、政治資金とは規模も額も全然ちがって最初は驚いたけど……こっちの方が、尊いお金を集めている感じがするよ」

　鷹雄の表情が明るくなってくる。

「お腹を空かせた子どもたちに食事を提供したり、塾に通えない子に勉強を教えたり、経済的に困窮している家庭をケアしたり。僕たちのしていることは国政と比べたら非常にささやかではあるけれど、ある意味で国政よりも重要じゃないかと思えるんだ。だって、子どもは国の未来だから」

　そう言って、ひづるの腕のなかの夏恵に笑いかける。気分が乗ると、調子のいい語り口になってくるのは変わっていない。それでも以前より人間的に成長しているように見えた。挫折で鍛えられたのだろうか。そうかもしれない。苦しみは人を強くするものだから。

「ごめん、僕ばっかり一方的に喋っちゃったね。きみの方は……どう?」

「ええ、なんとかやっています」

「そう」

それだけ言うと、鷹雄もまた押してはこなかった。

「そろそろ失礼しますね。山本さんによろしくお伝えください」

椅子を静かに引いて、ひづるは立ち上がる。

「話せてよかったよ。ありがとう。もうこんなふうに声をかけたりしないから、心配しないで」

「ええ。エプロン王子と話しているところを見られでもしたら、他のお母さんたちにやっかまれちゃう」

冗談交じりにそう言うと、「三十間近で王子と呼ばれるのもね」と鷹雄は微苦笑する。

プレイルームで遊んでいる優を迎えにいって幼稚園を出ると、建物のそばで堂道が待機していた。

「今日は遅くなるとのことでしたので、お迎えに上がりました」

「ど、どうもご苦労さまです」

どきりとした。ついさっきまで鷹雄と会話していただけに、夫の部下を前にして、ぎょっとしてしまった。駐車場に停《と》めてある車の後部座席に乗り込む。自家用車にと購入したセルシオだ。

「オセロね、すっごくおもしろかった。カアチャン、スグもオセロほしい」

隣りに座る優が笑顔で言う。

「そう。じゃあトオチャンに、お願いしてみましょうか」

「うん、トオチャンにもオセロ教えてあげる」

子どもの頭を撫でて、窓の外に広がる師走の街を眺める。胸もとでは赤ん坊が眠っていて、穏やかな気分だった。鷹雄と再会したことで——こう感じるのも奇妙だけれど——本当に決別することができた気がした。

彼は今、新しい人生を歩きはじめている。自分がそうであるように。

すりすりと身を寄せてくる息子に、「おうちに帰ってお風呂に入りましょうね」と話しかける。子どもたちのあたたかな体温を感じる。

第二章　関東大鵜鶏会——分裂

一

任侠大鵜鶏会では平日は毎日、朝九時半から定例会を開いている。

場所は臨時本部としている佐渡島組の事務所である。開始五分前には各組の組長たちが集まり、本日も遅刻および欠席者はいない。

「本日の議題は、不肖、我が百舌《もず》組の組長補佐、小川和志《おがわかずし》の出所報告と、友好団体・曙《あけぼの》一家の代替わりによる親睦会のお知らせです……」

司会を務めるのは百舌組組長の百舌だ。かつては佐渡島組の組長秘書をしていたが、今は自身の組を構えて任侠大鵜鶏会を支えている。三十代半ばの大卒ヤクザで、ぱっと見は優男だが、元半グレで刺青もある。

「なあ」

薄い色つき眼鏡をかけた男が発言する。本部長の目白だ。

「よもやと思うが、その親睦会に本家は呼ばれちゃいないよな？」

「先方に確認済みです。曙一家は本家、および本家の関係者には一切声をかけていないとのことです」

本家というのは、ここ臨時本部からさほど離れていない距離にある、指定暴力団・関東大鵬鶏会のことだった。そこを割って出てきた便宜上、こちらの面々は向こうを〝本家〟と呼んでいる。百舌は続ける。

「曙一家の新総長は代替わりを機に、今後うちとの関係を強固にしていきたいと考えていらっしゃるようです。ぜひ、代表自ら親睦会にお越しいただきたいとのことでした」

「ご指名だな、いってこいよ。なんせうちは今、味方を増やしていかねえとな。なんなら兄弟分の盃でも交わしてきたらどうだ」

会議室の最上座にいる男、任侠大鵬鶏会の代表、佐渡島朱鷺《とき》に目白は笑いかける。

「たしか新総長は、今年の春に亡くなった名誉会長の葬儀にも弔問に来てくれたよな」

会議がはじまってから初めて、佐渡島が口を開く。

途端、目に見えない細い糸がぴんと張られたかのような緊張感が走る。場にいる男たちの視線が佐渡島に集中する。

白銀色の短髪に精悍な風貌。白いシャツにダークネイビーのスーツという実用的な装いが、体格のよさを引き立てている。三十代の頃よりも貫禄がついた一方で、四十歳の男盛りの色気を漂わせている。

「じゃあ、いっちょ表敬訪問してくるか。新総長の詳しい経歴を調べといてくれ」

百舌にそう指示を出すと、散会する。会議は毎回三十分以内に終わらせる。本家での定例会のようにだらだらと長引かせず、十時にはきっちり切り上げる。それが佐渡島のやり方だった。

「お疲れです」「失礼します」一礼して男たちが次々に退室する中、「ちょっといいか?」と目白が佐渡島に声をかけてくる。

「ああ」

代表と本部長のトップ二名が会議室に残り、そこへ部屋住みが新しいお茶を運んでくる。どちらも煙草《たばこ》に火をつけると、

「下の子、女の子なんだって」

ふー、と白い煙を吐きながら目白は言う。

「お前んち、上が男だからちょうどいいよな。しかしかわいいだろ、娘は。格別だろう」

「まだ赤ん坊だからな。オスかメスかの区別もつかねえよ」

「これからどんどんついてくさ。娘はいいぜ。ちょっと大きくなって生意気な口をききはじめるのが、またいいんだ」

眼鏡越しに細い瞳をやわらげる。そういえば目白にも、娘が一人いると聞いたことがあった。妻は看護師だとかも。数年前、娘が小学校に入るのを機に離婚したそうだった。暴対法対策で戸籍上だけ別れたのだ、と。

『俺の口座からだと娘の学費も引き落としができねえからな。苦肉の策だよ』

そんなことを以前、佐渡島に語ったことがあったのだ。

目白は佐渡島より六歳年長の四十六歳。中肉中背の体格に穏やかな顔立ちで、ヤクザというよりぱっと見、勤め人という雰囲気だ。白のワイシャツにこざっぱりとしたグレーのスーツ、ネクタイは嫌いらしく常にノータイだ。

中庸篤実な性格の目白は人望もあり、佐渡島にとってよき女房役だ。三年前に兄弟分の盃を交わし、本家から離脱する計画を水面下で共に進めていき、五ヶ月前に無事実現させた。途中で発覚して潰されることも、ひとりの裏切り者を出すこともなかった。

もしも目白がいなかったら、自分だけで動いていたら、新団体の立ち上げはきっと難しかったろう。

しばらく子育て談義に花を咲かせてから、目白は煙草を押し消して二本目を口にする。

「実は昨日、雉間《きじま》と会ってな」

雉間とは、本家の現在の若頭補佐のうちのひとり、雉間組の組長だ。昨夜、目白はスポンサーとの会食帰りに一杯呑み屋《いっぱいのみや》へ立ち寄った際、雉間と偶然出くわしたという。互いに部下を連れていなかったので一緒に呑んだそうだ。

「あいつは元気そうだったか?」

そう問うと、目白は薄く笑う。

「雉間からも真っ先に同じことを訊かれたよ。『若頭はお元気ですか?』ってな」

まだ自分のことを〈若頭〉と呼ぶ元部下に、胸がちくりと痛んだ。

「どうやら本家はここんとこ、いっそう下への締めつけがきつくなってるようだな。俺たちが抜けた分、残ったやつらに義理のしわ寄せがいってんだな」

目白は言う。〝義理〟とは会費、あるいは上納金の別名だ。

一般的にヤクザ社会は上の者が下の者に給料を与えるのではなく、下が上に金を納めるシステムになっている。組織に所属し、その組織の名前を使って金を稼いでいるのだから、儲《もう》けのうち何割かを納めろという理屈である。

関東大鶴鶏会における〝直参（本家の直系組長）〟の組の上納金ノルマは、毎月最低五

十万円だった。直参は全部で六組あるので、合計で月三百万、一年間で三千六百万。それらすべてが頂点に立つ人物、会長の懐に入る仕組みとなっている。

関東大鵠鶏会はその名のとおり、関東圏を縄張りとした一本独鈷《どっこ》の小団体だ。全国に傘下を持つような広域暴力団ではない。大手に与《くみ》さず、大手の庇護《ひご》を受けない代わりに自分たちの名で食っている自主独立のヤクザ組織である。

準構成員やフロント企業の者まで含めると、総勢二百五十名。多すぎず、少なすぎず、まあまあの規模というところ。

「もうじき年末恒例の納会があるから、また徴収金を出させられるんだろうな」

佐渡島の言葉に目白はうなずく。

「義理を工面できなくて、方々に借金してる枝のやつらも出はじめてるようだぜ」

直参の組より下に位置する二次、三次団体を〝枝〟と呼ぶ。組織全体を一本の木とすると、枝にあたるからだ。

枝の組は、自分たちが属している直参の組に義理を納め、直参はさらにその上の会長に義理を納める。地位が上がれば上がるほど金が入ってくるわけだが、その分、末端にいくほど負担が大きくなり、生活は苦しい。義理を払え切れなくなって飛んだり、ヤクザから足を洗う者はこの数年間で急増している。

それでも関東大鵬鶉会は、組員の定着率はまだ高い方だった。年寄りばかりの他団体と比べて若手の占める割合が多く、今なお門戸を叩《たた》く者もいる。数多《あまた》ある独立系組織の中では頭ひとつ抜け出た存在で、組員たちもそれを誇りとしている。

それはひとえに、初代にして故・名誉会長の打ち立てた組の方針が、まっとうなものだったからだ、と佐渡島は思っている。とりわけ、

〈覚醒剤《シャブ》は御法度〉〈上納金の額を上げない〉〈組員に正業を持たせる〉

この三つの掟《おきて》は絶対だった。初代が引退し、その跡を継いだ二代目の時代もこれらの掟は固く守られていた。しかし三代目の時代になって、崩れはじめた。

二代目が急逝し、当時若頭だった鳶田《とびた》功《いさお》が三代目会長となったのは、三年前のことだった。

新たな会長がまず最初に行ったことは、上納金の値上げだった。

それまでの月額五十万円が七十万に引き上げられ、義理の負担が急激に増した。他にも何かにつけて臨時の徴収や盆暮れの中元・歳暮、誕生日の祝い金などを強要してくるようになった。

おそらく鳶田の狙いは、そうすることで配下の者たちの経済力を削《そ》ぐことだったのだろう。自分に逆らう力を蓄えられないように、常に部下を疲弊させる。それによって自らの

地位を固めて、かつ贅沢《ぜいたく》な生活ができる。

うまいやり方といえればいえるが、そんなやり方をしていけば組織自体が弱体化していくのは目に見えている。

この三代目体制で、佐渡島は若頭を務めていた。若頭とは会長に次ぐナンバー2の立場であり、組織を運営する執行部のまとめ役だ。トップを支えつつ、トップが暴走しないように監視もする。いわばお目付け役である。

若頭になった当初は、佐渡島もそれなりに鳶田に尽くそうと思っていた。少なくとも三年間は。

新会長は癖のある性格をしているが、かつては経済ヤクザとして初代会長、大鶴鵺仁平《にへい》の下で組織を発展させてきた人物だ。頭の切れる理論派で、自分などよりもはるかに場数を踏んでいる大先輩だ。

ヤクザ大不況の現在にあって、自分たちが生き延びていくには身内同士で小競りあっている場合ではない。組織のために助けあい、協力しあい、すべての者が一枚岩となって団結していかなければならない。

『俺にとってお前らは息子も同然、お前らにとって俺は父親も同然だ』

三年前、佐渡島が若頭に就任した日、鳶田は幹部連中を集めた総会の場でそう語った。

その言葉どおりの施策を行っていってくれるなら、心から忠義を尽くそうと思っていた。そうあってほしいと願っていた。

けれど、その願いは空《むな》しくも裏切られた。鳶田はひたすらに組織を私物化していき、上納金の吊り上《あ》げだけでなく、露骨な身内びいきもはじめだした。

関東大鶴鶉会では会長になった者は、自分の組を他の者に任せて、会長職に専念するという決まりになっている。鳶田がそれまで率いてきた鳶田組は、秘書を務めていた安生地《あおじ》という男に引き継がれた。

この二代目鳶田組が増長し、組織全体の雰囲気を乱すようになった。

新会長のお膝元である鳶田組の組員たちは、他の組の者を下に見るようになり、いきおい喧嘩やいざこざが増えた。

それまで身内同士の喧嘩の処罰は両成敗が基本だった。片方が直参だろうが、もう片方が枝の組であろうが、喧嘩は喧嘩。平等に罰しなければ他の者たちに示しがつかない。そんな規律がじょじょに、なあなあになっていった。

そうした中で、目白の組の枝の者が、鳶田組の組員たちと揉めごとを起こし重傷を負わされる事件が起きた。それは喧嘩というよりも、ひとりに対して複数による一方的なリンチのようなもので、明らかに鳶田組の者たちに重い処分が下されるべきだった。

しかし加害者たちには一切お咎《とが》めなし、組長の安生地に対してのみ訓告という裁定に終わった。本来ならば、やった側は全員絶縁、安生地も謹慎なり蟄居《ちっきょ》なり、それ相応の罰を受けるべきところである。

この一件で、まず目白が三代目に見切りをつけた。

「大鶴鶉会はあと十年と保たねえぞ。このままじゃドロ船だ」

若手幹部たちの中で最年長の慎重派、目白の言葉であるだけに説得力があった。

「鳶田の叔父貴は組織の将来や、若い者たちをどう食わせていこうかなんて、てんで考えちゃいねえ。自分とその子分たちさえいい目を見ていられたら、あとはどうなろうが知ったこっちゃねえのさ」

佐渡島からも会長に折にふれて意見はした。鳶田組への寵愛《ちょうあい》を慎むよう、また徴収金の頻度を下げるようにと。が、まるで聞いてもらえない。唯一、執行部内で鳶田とわたりあえるだけの重鎮的存在に、総本部長の鳩ケ谷《はとがや》がいたが、あいにく持病が悪化して長期入院中だった。そうこうするうちに、決定的な通達が出た。

関東大鶴鶉会の会長職は今後終身制にする、と鳶田が宣言したのだった。

「どっかの国の政治家みてえにトップの首をころころとすげ変えてったら、団結力をつけようにもつけられねえだろう。一番上に立つ者をどーんと据えてこそ、組織としての風格も、重みも出てくるってもんだ」

つまり、死ぬまで自分は組織の上に君臨するというわけだった。あと十年か、二十年か、それよりもっとか。要するに鳶田が生き続ける限り、この状態が続くことになる。

ヤクザの世界では上の命令は絶対だ。親分が〝カラスは白い〟と言えば白になる。いや、カラスに白ペンキをぶっかけてでも白にさせる。どんなに理不尽な言い分であっても、下の者は絶対服従、逆らうことは許されない。

それが我慢ならないというのなら、親分子分の盃を返上して組織を割って出るしかない。それこそ絶縁処分を受けても文句のいえない行為である。

会長職を終身制にしたら、目白が予言したように、鳶田は大鵟鶉会を食い潰すだろう。そして若頭である自分をずっと飼い殺しにするつもりなのだろう。自分だけではない。自分をオヤジと呼び慕い、これまでついてきてくれた下の者たちの未来も閉ざされる。

会長と、その取り巻き連中にいい目を見させるためだけに稼いだ金を献上し、現場の者は貧しく苦しいまま――。

こんな大鵟鶉会は、もはやかつての大鵟鶉会ではない。沈むと分かっているドロ船をこのまま漕ぎ続け、みんなで仲良く溺れ死ぬわけにはいかない。

そんな思いが着々と佐渡島の中で固まっていき、そしてとうとう肚をくった。会長職の終身制が正式決定されたひと月後、目白と共に行動に出た。

〝初代会長の大鵬鶴仁平が立ち上げた真の大鵬鶴会に立ち戻る為《ため》、この度新たな親睦団体、任俠大鵬鶴会を結成致しました〟

新組織を発足した声明文を周辺団体に送り、本家にも同じものをファックスした。すぐさまこの二名には絶縁処分がくだされた。

絶縁とは親分子分の縁を切る、組織からの永久追放を意味する処罰。いわば勘当だ。かつての兄弟分だった連雀《れんじゃく》から遅れること三年、こうして自分もまた絶縁の身となったのだった。


新たな組織、任俠大鵬鶴会の構成員は約百名だ。

六つある本家の直参の組のうち、佐渡島と目白の組の二つが飛び出した。そこにそれぞれの二次、三次団体やフロント企業も加わった。

本家の残りの組員が百五十名なので、人数的にはやや少ない。しかしこちらの優位な点は、経済的に立ち勝っていることである。

佐渡島組は産業廃棄物を中心とした各種処理施設を運営しており、目白は不動産売買と防水工事の仲介業をシノギとしている。どちらも組員たちを関連会社の社員とし、給料を支払っている。

新団体を立ち上げるにあたり、組長や会長制は敷かなかった。組織の顔として佐渡島が代表に立ち、目白が本部長に。百舌をはじめとする他の組長たちはすべて横並びにして、上下関係は一切つけないことにした。佐渡島組を当面の間の本部とし、会費は月五万だ。臨時徴収や上の者への中元・歳暮は禁止。仲間内で喧嘩や殺傷沙汰を起こしたら、処罰は両成敗。そして覚醒剤はご法度。現在の本家こと、関東大鵟鶉会がないがしろにしている掟や決まりごとを復活させて、新たなスタートを切ったのだった。

下準備を入念にしていたのと、鳶田の悪政が業界内に知れわたっていたというのもあり、離反したこちら側を応援する団体や組織も、少なからずいる。本日の定例会に出てきた曙一家もそうだった。

「どうやら雉間は、こっちに移籍してえようだったなあ」

指先の煙草の灰を灰皿に落とし、目白が言う。

「あいつが口に出して、そう言ったのか？」

佐渡島が問うと、

「気になるか？」

にやり、と楽しげな視線を向けられる。

「まあ、連雀組を立て直させたお前としては気になるよな。できることなら連れてきたかったんだろう？」

「連雀組じゃねえよ」

「ああ、雉間組だったな」

指摘を受けて目白は言い直す。わざと言い間違えた感じがしなくもなかった。

雉間組は、もともと連雀が率いていた組だった。組長である連雀が絶縁され、解散か取り潰しかというところを佐渡島が預かることになり、一年ほど面倒をみた。

雉間は連雀から盃を受けた舎弟で、副組長だった男だ。生意気そうな目つきをした意気地のある若造だ。

連雀組は秘密裏に覚醒剤を扱っていた、いわゆる〝薬局〟だった。それが明るみに出て、シャブに代わるたしかなシノギがなくなって、にっちもさっちもいかなくなっていた。そこで解体業を雉間に仕込んだのだった。解体は産廃とセットで稼げるので、二つの組を協力させて共に伸ばしていこうと考えた。

雉間は当初、自分に敵意を持っていた。当然だった。連雀を絶縁に追い込んだのは他ならぬ自分だったからだ。若頭の座を巡って、連雀と喧嘩どころか殺しあいをしでかして、結果的にあいつをこの世界から放逐した。連雀組の者からすれば親分の仇《かたき》である。

とりわけ雉間は連雀のそば近くで仕えていただけに、佐渡島に対する反発も強かった。そこを諄々《じゅんじゅん》と一から教え、鍛え直していった。

〝薬局〟の組はヤクザ社会では大成できない。手っ取り早く稼げるが、それだけに軽く見られるし、いつパクられるかもしれない。お前がもし組織の中で立身出世をしたいなら、シャブなどよりも手堅く、かつ太いシノギをしていくべきだ……と。

そうやって少しずつ、じょじょに関係を築いていった。

雉間は呑《の》み込《こ》みの早い男だった。責任感もあり、一本気で仕事熱心だった。やがて解体業を軌道に乗せて連雀組を経済的に復活させることができ、鳶田の許可を受けて連雀組改め、雉間組の組長となったのだった。

それと同時に、雉間は若頭補佐に抜擢《ばってき》され、執行部の新たなメンバーとなった。

関東大鵠鶴会の執行部は若頭である佐渡島、総本部長の鳩ヶ谷の他、四名の若頭補佐によって構成されている。

二代目会長・鷺沼《さぎぬま》から組を引き継いだ鷺沼組組長の目白、鳩ヶ谷の盃を受けた尾長《おなが》組組長の尾長、二代目鳶田組組長の安生地、そこに雉間が加わったわけだ。全員三十代から四十代の若手であり、それぞれに気骨も野心も備えている。

佐渡島にとっては同僚であると同時に、寝首をかかれないよう用心しなければならない男たちでもあった。

「雉間組もなかなか大変らしいぜ。稼いでも稼いでも吸い上げられてよ。それにあいつはお前と距離が近かったからな。会長に目をつけられて、何かといびられてるらしい」

目白の話を聞きながら、ぎり……と無意識のうち奥歯を嚙みしめていた。

「鳶田の叔父貴は昔からお前に当たりが強かったからな。そばで見ていても分かったぜ。いつだったか、灰皿ウイスキーを吞ませたこともあったよな」

「そんなのよく憶えてるな。二十年近く前じゃねえか」

佐渡島は苦笑する。部屋住み時代の若造だった頃、酒の席で鳶田から灰皿を取り換えるのが遅いと叱責されたことがあった。そのとき、グラスになみなみ注いだウイスキーに灰皿いっぱいの煙草の吸殻を入れたものを、吞めと命令されたのだ。

あの味は今も憶えている。高級ウイスキーとシケモクの苦味、臭みが溶けあった味。屈辱の味。当時の鳶田は飛ぶ鳥落とす勢いの会長の腹心の部下。かたや自分は最末端の見習いだった。

「あんときは、ずいぶんえぐい真似をしやがると思ったぜ。自分よりずっと格下の若い者《もん》を、みんなの前でいじめるこたあねえのによ……と」

眉をひそめて目白は述懐する。そういえばあの場には、目白だけでなく連雀もいた。俺もこいつもあいつもまだ三下のぺーぺーで、みんな若かった。若くてバカで純粋で、互いに相手を意識して、牽制しあっていた。もうずいぶん昔のことだ。

あの頃は、まさか将来、自分が連雀を追いやって、目白と組んで鳶田の叔父貴から離反する真似をしでかすなんて思いもしなかった。

「雑間も今頃、灰皿ウイスキーを呑ませられてなきゃいいけどな」

目白は煙草をぎゅっと押し消す。

「じゃあ、曙一家の方は任せたぜ」

「ああ」

会議室を出る間際、兄弟分は振り返って、ついでのようにつけ加える。

「娘が産まれたからって腑《ふぬ》抜けるなよ」

「お前じゃねえよ」

その晩はいつもより少々早目に帰宅した。といっても、もう午後十一時だ。子どもらはとうに寝ているだろう。

「佐渡島さま、おかえりなさいませ」

「どうも」

暖房の効いたエントランスに足を踏み入れると、夜勤のコンシェルジェから挨拶される。

今住んでいるこのタワーマンションには、二十四時間体制でコンシェルジュおよび警備員が勤務している。セールスはもちろん宅配業者や来客のチェックも厳重で、住人以外はおいそれと出入りできない。そこが気に入って妻の妊娠中に引っ越した。ここの中層階の3LDKの部屋を借りている。

「帰ったぞ」

カードキーで扉を開けて中に入ると、リビングルームのコの字型のソファで、妻も子も、三人そろって眠っていた。パジャマ姿の息子は母親に膝枕をしてもらっている。ひづるは胸をはだけて赤ん坊に乳を含ませたまま居眠りし、夏恵もまた乳首を咥えて熟睡している。身を寄せあって休息している動物の親子みたいだ。

床に落ちているブランケットを拾って、息子にかけてやると、

「あ……おかえりなさい」

ひづるが目を開けて、はっとしたように胸もとを隠す。

「ああ」

妻の腕から眠る娘をひょいとかかえ上げ、「今日はいい子にしていたか」と語りかける。

気のせいか朝よりも重くなっている。帰ってきて抱き上げると、いつもそう感じる。それ

でもまだあるかなきかの重さでしかない。

夏恵は薄いまぶたをひくひくさせて、小さな手足を丸めている。髪からも肌からも赤ん坊特有の甘い匂いがした。

「お風呂に入りますか。今、火をつけ直してきますから」

「そうだな。まずこいつを部屋に寝かすか」

妻に娘を手渡すと、今度は息子を抱き上げる。こいつもまた重くなった。

「う〜ん」

優は眠りながら抱きついてきて、その背中をぽんぽんと叩いてやる。坊主は背や腹をこうされるのが好きなのだ。

リビングの隣に位置する子ども部屋のベッドで息子を寝かしつける。あごの下まで毛布と布団をかけてやり、ベッドの傍らに膝をついて小さな頭を撫でる。娘と同様に妻譲りの黒々とした髪の毛だ。目白は娘は格別だと言っていたが、息子だって格別だ。優はもう自分の一部のように感じられる。

実をいうと夏恵が産まれる以前は、もしも自分の子どもができたら、優をかわいがれなくなるのではないだろうか……と、ひそかに不安を感じていた。自らの血を引く子にだけ愛情が向かってしまい、坊主に冷たい態度をとるような父親に変貌してしまうかもしれない、と。

妻の連れ子を虐待する男は世間にざらにいる。優は連れ子ではないが、妻と前の男との間にできた子どもだ。世間知らずだった妻をたぶらかし、孕《はら》ませた挙句捨てたクソ野郎が優の本当の父親だ。

そいつに対する憤りが、ないとはいえない。もし目の前に現れたら一発喰《く》らわせてやるだろう。

そんな、見たこともない相手に対する腹立たしさを、そのまま坊主にぶつけるようになってしまいやしないだろうか。半ば本気でそう思っていた。そうなることを恐れていた。

しかし、そうはならなかった。娘が産まれてから、息子がいっそうかわいくなった。愛情が減るどころか倍になった。ふしぎなものだと思う。愛する心には限度がない。金のように使った分だけ減ったりはしない。そういうことを子どもたちから教わった。

リビングルームに戻ると、夏恵はソファの端の、〝コ〟の上の横棒の部分にブランケットに包まれて寝かされていた。テーブルに「トオチャンへ」と書かれた手紙が置いてある。

開くと、鉛筆でこんな文が綴《つづ》られている。

〝トオチャンおかえりなさい。きょう、おともだちとオセロをやりました。とてもたのしかったです。トオチャンともオセロがしたいです。かってほしいのです。よろしくおねがいします。すぐる〟

「これは？」

妻に尋ねると、「ああ」と微笑まれる。坊主は今日、幼稚園で友だちからオセロを教えてもらい、すっかりはまったらしい。それでオセロセットをせがまれたという。

「トオチャンにお願いのお手紙を書くから、帰ってきたら渡してね、ですって」

手紙にもう一度、目を落とす。いかにも子どもらしい拙い筆跡ながら、句読点まで使ってちゃんと文章になっている。風呂場の壁に〝ひらがなポスター〟を貼って入浴の合間に文字を教えてはいたけれど、弱冠六歳でこんな手紙を書けるとは。

「あいつ天才じゃねえか？」

しかも、年上の友だち相手にオセロで勝ったそうだ。

「そりゃすげえ。よーし、さっそくいいのを買ってきてやるか。ひと勝負してやる」

「それはクリスマスまでとっておきませんか」と妻から言われる。

「ねだられてすぐに買ってあげるより、その方がいいかも」

クリスマスは二週間後だった。プレゼントがオセロ盤だなんてケチ臭くないか、と言いかけて、女房がそう言うのならそうかもしれないと思いなおす。

そんな自覚はないのだが、どうも自分は坊主に甘くなりがちなようで、オモチャを買い与えすぎだと、たまに注意されるのだった。

「じゃあ、そうするか」

背広とベストを脱いでワイシャツ姿になり、ソファに腰を下ろす。

「何か飲みますか？　お腹は？」

「ん、食ってきた」

今日は会議の後、処理施設の見まわりで一日中出かけていた。もっと早く帰るつもりだったのだが、現場の連中から引き留められて呑む流れになってしまった。久々に我が家でのんびりしたかったのだが、仕方がない。

今年も残すところ一ヶ月を切った。色々あった一年だった。

春にオヤジこと初代会長、大鵟鶉が亡くなり、夏に新団体を立ち上げて赤ん坊も産まれ、自分を取り巻く環境が大きく変わった。本家の方は離反したこちら側に対し、今のところ何も仕掛けてこない。せいぜいが怪文書や、任俠大鵟鶉会を誹謗中傷《ひぼうちゅうしょう》する噂《うわさ》を流す程度で、そんなのは無視すればいい。

トラックを事務所に突っ込ませたり、銃弾を撃ち込んだり。そんな動きをしてくるかとも用心していたが、意外なほどに本家は分裂以来、沈黙を保っている。尤《もっと》も、こちらにかまけている暇も余裕もないほどに向こうの内情はガタガタなのかもしれない。

ともあれ、このまま何ごともなく年の瀬が過ぎていってほしい。諍《いさか》いは避けたい。

そんなことを考えているうちに、いつしか眠ってしまっていた。妻の膝に頭を載せて、ソファに横になっていた。

「んん」

目を開けると、妻の顔が真上にあった。静かに微笑みかけられる。

「少し……寝てたか？」

「五分くらい」

すんなりした指で髪を梳かれる。頭を撫でられるのは、口に出しては言わないが、嫌いじゃない。髪をくぐる指の感触や手の温度が心地いい。

そういえば自分の頭を撫でてくれたのは、妻が初めてかもしれない。親からも誰からもこんなふうに、いたわるようにふれられたことはなかった気がする。

ゆったりとしたニットの内側に、すっと腕を差し入れて、手探りでブラジャーを外す。そのまま服の中に頭を突っ込み、やわらかな肌に唇を這わせる。赤ん坊と同じ匂いを、甘い乳の匂いを吸う。

娘を産んでから妻の匂いは変わった。母親の匂いになった。甘い匂いであるのは以前と同じだが、甘さの質が変わってきた。

疲れているはずなのに、妙な具合にむらむらしてくる。豊かなふくらみにかぶりつくと、妻がかすかに声を洩らす。それにいっそうかき立てられて、もう少しだけ強く嚙む。

「う……」

胸の先端から白いしずくがとろりとあふれる。つくづくとエロい眺めだ。妻がどんな表情をしているのか見たくなり、ニットを引き上げて上半身をあらわにさせてやる。清楚な顔が困ったように赤らんでいる。二人も子を産んだとは思えない楚々《そ そ》とした表情に、ぐっとくる。

「あの……お風呂もう沸いてるんですけど」

「俺、酒くさいか？」

「いえ、その、そういうわけじゃなくて……」

戸惑い気味に言いかける口をキスでふさぐ。ソファの背に華奢《きゃしゃ》な身体を押しつけて、覆いかぶさる。

「ん」

驚く舌をすかさず捉えて押さえつける。妻の舌はあたたかい。そして清潔な味がする。強く吸うと怯《おび》えるように縮こまり、そうっと吸うとおずおずと応えてくる。こうした反応にも性格が出るものなのだと思う。

ひづるは見た目はおとなしそうで、実際控えめな性格をしているが、案外と気の強いところもある。物怖じしつつも言いたいことはきちんと言い、ときにはむすくれたり、こちらの痛いところを突いてきたりもする。しとやかな外見に反して、自分の主張がちゃんとある。

共棲みして三年になるが、常にこちらの動静を注意深く観察しているところがある。たいていの女なら、一緒に暮らしているうちに、多少なりともふてぶてしくなってくると思う。しかし育ちがいいせいか、それとも元来そういう性格なのか、この女は依然として娘のように清楚なままだ。それでいて大人の女の色気が出てきた。出産以来、少し面瘦せしたようで、そこがまた男心をそそらせる。

ちゅく……ちゅく……と舌と舌を絢いあわせながら、張りのある胸を揉んでいく。存分に口のなかを味わうと、胸の方へと唇を移動する。手のひらに余るほど大きいそれを口に含み、先端をやや、強めに吸う。

「ああ」

せつなげな声が耳を刺激する。唇の間で、たちまち尖りの形が変わる。舌先で転がすとおもしろいようにこりこりと弾力を帯びてくる。始終赤ん坊に吸わせているからだろうか、前よりも赤みが濃い。

「あ……っや、ぁ」

「乳をやってるときもそんな声を出してんのか？」

からかい口調で尋ねると、ひづるは恥ずかしそうに唇を噛む。

「赤ん坊はそんなふうに……いやらしい吸い方、しません」

「そうか」

前歯でしごいて、もっと硬くさせてやる。

「ん」

白い喉がくっと反る。それが誘いの動作にも見えて、もう片方のふくらみを押さえている手に力を込める。指の間に柔肉を挟み、ぐにぐにと揉む。

「やっ……だめ」

先の方からつつ……と、乳白色の水がこぼれてくる。舌先でしずくを舐めとり、乳首をきゅっと吸い上げる。胸から直接母乳を飲む。

「あぁ――」

感極まったかのように、妻がぶるりと震える。脳天が痺れそうに甘美な味が、口のなかに広がってゆく。女の身体はすごいものだ。体内でこんなに甘い、うまいものをつくり出すなんて、まるで魔法だ。

胸から下腹部につたい落ちていく白いしずくを余さずに舐めていき、そのまま秘部も味わいたくなってくる。スカートの留め金を解くと下着ごと一気にずり下げて、妻を無防備な姿にしてしまう。寝室以外の場所でこんなことをするのは久々だ。それもまた昂ぶりに拍車をかける。

足首をぐいと掴むと、ひづるはソファにもたれたまま、後じさろうとする。すぐ近くで眠っている赤ん坊をちらと見て、

「あ、あの……この子が寝ていますから……」

「分かってる」

床に膝をつくと、妻の脚の間に入り込む体勢をとり、薄い茂みを指でさわる。

「ん」

ふるっと腰が浮く。

「だからあんまり声、出すなよ」

そう言って中心部に口をつける。熱くてやわらかい。それにいい匂いがする。男を挑発する女の匂い。芳しい匂いだ。内ももに指をかけて、もう少しだけ開かせる。照明の下で妻自身をよく見たかった。

「はぁ」

せつなそうな吐息の気配を頭上に感じる。

妻はここを見られるのを、やたらと恥ずかしがる。舐められるのもだ。そうされそうになるたびに、なんとかして避けようとする。それがかえって男心を燃やすのだと気づいていない。そういうところが娘じみてて、いつまで経っても新鮮だった。

濡れて光る秘部を眺めて、自らの股間が猛《たけ》ってくるのを意識する。指先であわいのひだをそろりとなぞると、怯えるようにびくんとゆれる。

「だいじょぶだって」

花弁に舌を添えてゆっくりと舐め上げる。

妻とは反対に自分はここを眺めるのも、味わうのも好きになってきた。昔はそうでもなかった。前戯など、ただ面倒くさいだけだった。さっさとぶち込んで、さっさと出す。セックスとはそんなものだと思っていた。

今はちがう。相手の様子を窺いながら、次はどう攻めようかと思案して動くようになってきた。普段はそんなことは思わないのに、このときばかりは妻を泣かせたくなってくる。清楚な顔をぐしゃりと歪《ゆが》ませ、うんと乱れさせたい。ひいひい言わせたい。そんな欲求が頭をもたげてくる。

花弁を唇に挟んで揉みほぐしていくうちに、だんだん妻の緊張がほどけてくる。濡れてくる。あふれ出てくる潤みを舌先でちゅるっと掬いとると「あ」と声がして、くつろぎかけた入り口がきゅっと閉じる。すかさず舌をねじり込ませ、妻のなかに潜り込む。

「や……」

こうするとき、いつもそうするように、内壁が舌を押し出そうとしてくる。適度な締めつけに心が弾む。

秘部のなかは口と似ている。ぬるついていて、あたたかい。しかし口のなかを舐めるよりも、はるかに下品で興奮する。油断するとすぐにも射精してしまいそうだ。根もとまで舌を押し込めて、ぐにゅぐにゅと動かす。

「あぁっ……ん」

甘い啼《な》き声《ごえ》が耳をくすぐる。妻が今どんな表情をしているのか見られないのが残念だ。だがその分、声や反応から想像力を刺激される。

両脚が閉じかけようとしてくるのを両方の手で押さえつけ、さらに大きく開かせる。

「やぁ……そんな、しないで……」

訴えを無視して柔毛に鼻をつけ、匂いを深々と吸い込む。頭の奥がじんじんしてくる。そのまま鼻の先端で女の泣きどころを探る。普段は慎《つつ》ましやかに奥に潜んでいるそれを、見つけ出す。指の腹でそろりと撫でると、妻がぴくんと震える。

「ん！」

ここは男の性器とよく似ていて、ほんの少しこするだけで、たちまち勃起してくる。ただし自分のそれよりもずっと可憐でいたいけだ。だからふれるときには気をつけなくては。力を入れないよう、強くしないよう、押し潰さないよう、注意しながら指先でやさしくいじる。

「はぁ」

観念したかのようなため息。秘核がふくらんできた。健気《けなげ》なほどにぴんと勃ち、うっすらと充血している。舐めたくてたまらなくなって、妻のなかから舌を引き抜く。

「吸うぞ」

一声かけると、勃起した粒にキスをする。

「――っ――」

ひづるがくっと息を詰める。

妻のここは敏感だ。ついばんだり、ちゅっと軽く吸った瞬間に果ててしまうこともある。前はそうでもなかったが、この三年でどんどん感じやすく、鋭敏になってきた。

舌の先で小さな粒を、くにゅくにゅといじる。遊ぶように、なぶるように。すぐにイカせるのはもったいない。もうこれ以上は、というところまでじっくり追い込んで、あられ

「ああ――」

喜ぶような、つらがるような、どちらともつかない声を上げて妻がしがみついてくる。つながりがさらに深まる。

ゴムをつけずに交わる生ハメは格別だ。肉と肉がぴったり吸いついて、溶けあうような心地になる。内部で放出しないよう気をつけているせいか、感覚も鋭くなる。

「外に出すから心配するな」

そうささやくと、

「だいじょ……ぶ。今日は大丈夫な……日、だから」

せつなげに、だけど夫を安心させるように、妻は微笑みかけてくる。

「なかに……出して」

その言葉にぞくりとくる。抜き差しを開始して「あっ――」と、のけ反る細い喉もとをかぷりと噛む。

欲望が全身の血管に充《み》ちてゆく。妻を責め苛みたい欲求と、やさしくしてやりたい気持ちが同時に芽生える。泣かせたい。泣かせたくない。もっと孕ませたい。もう孕ませたくない。相反する感情が自分のなかで混ざりあい、たまらない気分になってくる。

「ひづる」

腰をぴたりと密着させて妻の名を口にする。

「俺と一緒になって、つらくないか？」

目を潤ませて妻は首を横に振る。

「ううん……しあわせです。とても……とても」

きれぎれに、しかし、たしかな口調で返してくれる。肩に手をかけられてシャツのボタンが外される。

「あなたも脱いで」

「ん？」

「からだ……見せて」

「ああ」

ワイシャツを脱ぎ落とすと、妻をぐっとひと突きする。

「んんっ！」

びくんと跳ねる尻を両手で鷲《わし》摑《づか》みにして二度、三度と突き上げる。あらわになった降《くだ》り龍に妻がすがりつく。ぞくぞくする。

「俺の刺青……好きか？」

「好き」

ためらいなく言ってきて、たいした女だと思う。こんなごてごてしい彫り物をした男の女房になるなんて。しかも子どもまで産んでくれて。

再度唇を重ねあわせ、舌を吸いあい、舐めあう。こちらの呼吸にあわせるように妻もゆるやかに動きだす。最初は遠慮がちに、次第に大胆に。

くっついている腰と腰が、ゆらゆらと上下する。下腹も胸もぴたりとつけて、白い肌と極彩色の肌が交じりあう。まるで異なる生きもの同士が睦びあっているかのようだ。

反り立った先端でへその裏あたりをぐりぐりこすると、キスをしながら妻が引き攣った声を出す。内壁が芯熱をぎゅっと締めつけて、一瞬出そうになるが、ぐっとこらえる。なおもこすってやると、

「んん――っ」

口内にくぐもった悲鳴が響く。欲望が点火する。その部分に狙いを定めてじっくりと摩擦する。やわらかな尻を押さえる手指に力を入れ、逃げられないように固定して攻めてゆく。

ずちゅずちゅといかがわしい音が、抜き差しするたび結合部から聞こえてきて、それにいっそう煽《あお》られる。自分の感覚すべてがこの一点に集約して、今にもはち切れそうなほどもうぱんぱんになっている。

弾ける一歩手前の瀬戸際で、ぎりぎりまでその瞬間を計る。互いのタイミングをあわせつつ、最高潮の一瞬を分かちあうために。口も局部もつながって欲望が切迫する。ひづるの濃い黒目の表面に、涙の膜が浮かんでいる。整っている顔立ちなのに、目もとはどこかあどけない。泣く寸前の坊主とよく似た、いたいけな表情。

なぜか不意に胸が詰まった。こいつを、こいつらを守らなければという思いが、自分自身の深いところから込み上がって。

背中に腕をまわしてしがみついている妻が、きれぎれに訴える。

「も……いき……そ」

「ああ、いけ」

律動を速める。小刻みに力強く、だけど荒々しくせず。何度も何度も繰り返しへその真裏をこすって、ある瞬間で妻の下肢がびくんとおののく。追いかけるように自らも限界を迎える。

「俺も……出すぞ」

「あ――」

ふくらみきっていた欲望を妻のなかに余さず注いで、沁み込ませる。目もくらむような快感。陶酔。生きているのか死んでいるのか分からなくなる数秒間に身を浸す。

そのまま、つながった状態で床暖房のきいている絨毯《じゅうたん》に横たわる。恍惚の余韻が互いのなかから消えていくまで、じっとしている。裸の胸に当てられている、やわらかな胸の感触が心地いい。

「お前は何か、欲しいのないのか？」

もつれた黒髪を指でいじりながら、ふと思い出したような口調で訊いてみる。できるだけ自然に。

「え？」

「クリスマスに何か。プレゼント的な」

少し間をおいて、妻は言う。

「やさしいんですね」

「普通だろ」

「私は特に……欲しいものは、ないかなあ」

「張り合いねえな」

「ふふ」

やさしいという言葉に照れくさくなって、ぶっきらぼうにつぶやくと、妻は静かに笑った。

二

曙一家の親睦会は、終始和やかな雰囲気だった。

新総長はがっちりとした体格に坊主頭。いかつい風貌がいかにもヤクザという感じの、鷲住《わしずみ》という人物だ。地味ながら仕立てのいい黒いスーツに身を包み、左手の小指は欠損していた。まだ五十代前半で、組織の長としては若い方に入る。

曙一家は関東大鵟鶉会と同様に、大手組織に与さない独立団体である。大鵟鶉会がもともと博徒系の暴力団であったのに対し、こっちはテキヤ系だ。組員数は二百名弱。これもまた大鵟鶉会と同規模だった。

百舌の調べたところによると、鷲住新総長は若い頃、大鵟鶉会に入りかけたことがあったらしい。結局、曙一家に草鞋《わらじ》を脱ぐことになったのだが、そういう経緯もあって初代の葬式に足を運んでくれたようだった。

親睦会は曙一家が持っているセレモニーホールの大宴会場で行われた。

招かれて佐渡島が驚いたのは、直参組長や上層部だけでなく、末端の組員たちに至るまで全員が出席していることだった。〈四方同席〉——上座下座の区別なく、どの席も同じという意味の紙が、そこらの壁に貼られている。

二百人以上の構成員が一堂に会し、和気あいあいと祝宴を繰り広げている光景は、なかなか壮観だった。幹部連と挨拶し、ほどよく場が盛り上がってきた頃合いで、総長の側近から声をかけられる。

「うちのオヤジが代表と、サシでお話ししたいそうです」

中座して、通路の突き当たりにある小座敷《こざしき》へと案内される。そこは六畳ほどの小さな部屋で、小卓にはすでに酒の準備がされていた。しばらく待っていると、本日の主役である鷲住が現れる。

「お待たせして申し訳ない」

「本日はお招きくださいまして、誠にありがとうございます」

曙一家の新総長と改めて相対する。挨拶に続いて襲名の祝辞を述べると、

「まずは一杯」

と勧められる。傍らに控える側近が水割りをつくり、杯を酌み交わす。

会場内を見たところ、外から招《よ》ばれている客は自分だけのようだった。それに少々意表を突かれた。親睦会というのだから、てっきり他団体の賓客も招待しているものかとばかり思っていた。

「よそからお客を招かずに、うちの者《もん》ばかり勢ぞろいしていて、なんだこりゃと思われたでしょう」

佐渡島の疑問に答えるように、鷲住が言う。

「自分の代からは、他団体との無駄な交際は控えることにしたんですよ。カネがかかりますからな」

何十、何百もの枝の組がある大組織ならいざ知らず、うちのような一本独鈷の小組織にとって外交はさほど重要ではない。それよりも内部の結束を固める方が肝心だ、と鷲住は語る。

「ま、全体の方針としてはそうですが、個人個人の付き合いは各々の自由にさせております。なんで本日お宅をお招きしたのは私個人のお客さん、ちゅうことになりますな」

鷲住はくだけた口調になり、胡坐《あぐら》をかいた膝を一歩、前に進めてくる。

「しかしまあ、ようやりましたな」

いかつい容貌に、にっと、意外なほどやわらかな笑みを浮かべる。すると独特の愛嬌《あいきょう》が出る。

「カシラになるまで辛抱して勤めてきた組を出るなんて、なかなかできるこっちゃない。組の若い子らもそろってついてきたそうで、たいしたもんです」

〝カシラ〟とは若頭の略語だった。会話の流れが本家からの離脱云々《うんぬん》におよびそうになってきたので、佐渡島はそれとなく話題を変える。

「鷲住総長は今年の春、うちの初代の葬儀にいらしてくださいましたが……あれは曙一家の代表として、だったのですか？　それとも総長個人として？」

その問いに「ああ、あれは香典自腹で出したんで、後者です」と明瞭に回答する。

「それはわざわざどうも、ありがとうございました」

「まったく、惜しい方が亡《の》うなりました」

鷲住はやれやれというふうに首を振る。

「実は自分は十代の悪たれしていた頃、大鶴鶉会さんのところでお世話になりかけたんですわ」

百舌の資料を読んで知っていたが、佐渡島は今初めて聞いたという表情をする。

なんでもその際に鷲住は、オヤジと面通しもさせてもらったそうだった。

「当時の大鶴鶉初代は、今の自分と同じくらいの年やったんちゃいますかね。そらもう、ぐぁーっとオーラが出ていて。これがヤクザやー、これが親分やー、思いましたね」

目を輝かせて鷲住は述懐する。結局、大鶴鶉会ではなく曙一家の盃をもらう身となったけれど、大鶴鶉初代のことはずっと私淑していたとのことだ。

話を聞きながら、このいかつい新総長に親しみを覚えてくる。この男もオヤジのことを慕っていたのだと思うと、それだけで嬉しくなってくるのだから我ながら単純だった。

「そういうわけで、お宅が大鵬鵜会を割って出たいうファックス状をもらったときは、とうとうやったなと思いましたわ」

「――とうとう?」

鷲住が語るのを黙って聞いていた佐渡島は、ぴくりと眉をひそめる。とうとうやった、とはどういう意味なのか。

あの離脱計画は慎重に、外にはけっして洩れないように極秘裏に進めていた。執行部内でも気取《けど》られることはなかったし、もちろん女房にも打ち明けなかった。だから成功したのだった。

なのに〝とうとうやった〟とは、どういう意味だ。俺が本家を割ることをこの男は予期していたとでもいうのか。

そんな思いを込めて鷲住をじっと見る。佐渡島自身は気づいていないが、白目の青みが濃くなっている。その視線を鷲住は受け、にっと愛嬌づいた笑みを見せる。

「たしか三年前にも大鵬鵜会さんは葬式をやりましたな。二代目会長が亡うなって」

急に話題を変えてきた。三年前のやはり春、二代目会長・鷺沼万政《さぎぬまばんせい》が急逝した。地元の葬儀会館で行われた大鶴鶏会の組葬に、鷲住は曙一家の名代として参列したのだという。

「香典代はちゃんと経費で落としましたわ」と。

「数十年ぶりに自分、大鶴鶏初代にご挨拶できました。引退されても相変わらずオーラがぐぁーっ、でしたな」

その場で佐渡島は鷲住と会った覚えはない。何かとばたばたしていて、取り紛れてしまったのだろう。

「その節はご挨拶も致しませず失礼しました」と言うと、

「いやあ、お宅は目立ってましたな」鷲住は笑う。

「銀髪のずいぶんカッコええ兄ちゃんがおるなあと思ったら、大鶴鶏初代に、お前こっちこいと手招きされて。ずいぶん仲がよろしいようでしたな。あの方もふさふさした白髪頭でしたから、ほんとの親子のようやった」

「……」

佐渡島は無言でグラスに口をつける。

「今の三代目の会長が、すごい目つきでお宅のこと見てましたわ。あれはちょっと忘れられんね。だからお宅が次の若頭になったと聞いたときから、こいつは荒れそうな気がすると思ってましたわ」

「ごらんのとおりです。こちらの団結ぶりと比べると、恥ずかしい限りです」

まあまあ、と鷲住は手ずから水割りの二杯目をつくってくれる。やや薄めに、酔いすぎないようにと配慮した配合だ。

「岡目八目というかね、外からの方がよく見えるっちゅうこともあるもんです」

しばし黙って酒をすすってのち、鷲住はいきなり斬り込んでくる。

「いずれは本家を乗っ取るおつもりですか」

「総長にはどう見えますか」

質問に質問で返すと、

「さあて、滅多なことは言えませんが、五分五分ってとこですか」

「五分五分とは?」

「本家とお宅ら新団体が潰しあって、共倒れするか。あるいは、どちらかがどちらかを喰って組織全体を再統一するか。五分五分ってところですかな」

「……このまま、二つに分かれた状態で併存していくようには見えませんか?」

「見えません」

ばっさりと言ってのけてくる。

「あの三代目はお宅を許さんでしょう。ヤクザが逆盃されてメンツ潰されて、このまま黙っていると思いますか？」

今はこんな紙爆弾攻撃くらいですけどな、と言いつつ、鷲住は折りたたまれた感熱紙を懐から取り出して佐渡島に示す。それは自分に関する怪文書だった。

『任侠大鵤鵺会の代表を名乗っている佐渡島朱鷺は、自分が跡目を継げない事に不満を持ち、部下を引き連れ手前勝手に離脱後、事もあろうに大鵤鵺会の名を冠したエセ大鵤鵺会を立ち上げて……』

筆跡が特定できないようにだろう、パソコンで作成されてあった。それも一枚だけでなく何枚もある。

『佐渡島は掟を破って覚醒剤を扱っている』『組織の金を横領着服し、それがばれたので逃げた』。中には『他の組員の女を寝取った』なんてものまである。

俺は一穴主義だっつの……と、思わず内心でつぶやく。

それらの文書はすべて、佐渡島は絶縁者なので交際は一切することなきよう、といった文章で締めくくられていた。

聞くと曙一家だけでなく、周辺団体のほとんどにしきりに送りつけられているようだ。

切った張ったの攻撃とちがって陰湿なやり口だった。送り主は当然鳶田か、その配下だろう。

「お宅はずいぶんと三代目に憎まれとるようですな。たしかもうひとり、一緒に出てった方もおるでしょう。なのに誹謗中傷はお宅ひとりに集中しとる」

鷲住は感熱紙をくしゃくしゃに丸めると「捨てとけ」と側近に渡し、そのまま部屋から下がらせる。側近の気配が消えてから会話を再開する。

「三代目は、お宅と接触せんようにと、あちこちに直接連絡なんかもしとるようですな。うちにも電話がきましたわ」

「そうですか。総長はなんとお答えに？」

努めて平然とした態度で問うと、「気になりますか？」と笑いかけられる。そして鷲住はこう答える。

「へえ、分かりました、と言っときました」

それで今日ぬけぬけと自分をここへ招んだのだから、しかも叔父貴とのやり取りを堂々と明かすなんて、太いというかなんというか。この新総長は相当な武闘派と聞いていたが、なかなかどうして。策士の面も備えているようだ。尤も、そうでなければ組織のトップには立てないだろう。

「気ぃつけた方がいいですな。今は紙爆弾ですが、そのうち紙じゃあ済まなくなるかもしれん」

「なぜ本日の親睦会に、私をお招きくださったのですか?」

このタイミングで鷲住に、今日の来訪の目的をぶつける。

自分たち一家の一枚岩ぶりを見せつけておいて、本家がばら撒《ま》いている怪文書までご丁寧にとっといて、しかも鳶田の叔父貴になあなあな態度をとっておきながら、なぜ今日俺を招いたのか。返答次第では荒事も辞さないつもりだった。

小卓の上にあるウイスキーボトルに、ちらと目をやる。いざとなったらあれでこの男の頭をかち割り、側近が駆けつけてくる前に逃げる。たしか一番近い非常口はどこだったか……。

そんなことに頭を巡らしていると、

「おっかない目やなあ」

のんびりとした口調で鷲住が言う。

「お宅、三代目に負けないくらい、おっかない顔できますやん」

グラスをぐいっと呷《あお》り、ずずっと膝を進めてくる。

「腹蔵なく言いましょう。お宅をここに招待したんは、お宅がどういう人格、識見、面構えをした人間なのか知りたかったからですわ。紙爆弾に書かれてあるとおり組織を裏切った外道なのか、それとも大鵬鶴初代が目をかけていただけある人物なのか。やはり自分の目で見ないことにはいけません」

口なめらかにそう語り、じっと佐渡島を見つめる。

「お宅は思っていた以上にちゃんとヤクザですな。今の目、ぞくっとしたわ」

鷲住は、二つに分裂した大鵬鵜会がもし共倒れしてしまっては、こちらとしても困るのだという。

「お宅もご存じのように、一本独鈷でやってるとこは今の時代、少ないですわ。ヤクザ社会もフランチャイズが進んでね。この辺ではうちと大鵬鵜会だけでしょう、自分らだけでやってるのは」

そのとおりだった。この地域一帯を取り仕切っているのは大鵬鵜会、次いで曙一家というのが長年来の勢力図だ。互いの縄張りを侵食することなく均衡を保ち、その周辺に広域団体の支部がいくつか点在している状態だった。

それは言い換えるなら、大鵬鵜会と曙一家が自分たちのシマをしっかり守っていることで、大手組織につけ入らせる隙を与えてこなかったということでもある。だがもし、この状態が崩れたら——。

鷲住が何を言わんとしているのかが、読めてきた。

「うちと本家がやりあって、結果相討ちとなって両方とも潰れたら、大鵬鵜会の縄張りを狙って広域団体が必ず攻め込んでくる。そうなったら曙一家も巻き込まれるでしょうな。否応《いやおう》なく」

続きを受けて佐渡島が語ると、「そう、否応なく」鷲住は苦笑する。

「認めるのは悔しいですが、大組織と闘っても勝ち目はありません。かといって自分の代で大手に吸収合併されるのも業腹だ。そのためにも大鶴鶏会さんには、ここで踏ん張ってもらわな困るんですわ」

結論からいうと曙一家は、万が一の際には三代目の側でなく、佐渡島率いる任侠大鶴鶏会の方につくとのことだった。

「早う四代目になることですな。いや、まずは共倒れにならんよう、がんばってくださ い」

自分たちが巻き添えを食わないためにも、というニュアンスを含ませて鷲住は激励する。仁義やら義侠《ぎきょう》心やらを持ち出されるよりも、いっそ、すがすがしかった。

セレモニーホールを出ると、空が夕焼け色だった。師走とはいえ今日は比較的、暖かい。部下に迎えの車を寄こすよう電話をかけてもよかったのだが、タクシーを拾うことにする。鷲住とのやり取りを頭の中で整理したかった。

なかなかに食えない人物ではあるが、その反面、率直でもあった。今の大鵬鶴会の状況を冷静に観察し、五分と五分だと評した。本家と自分たち分家が互いに潰しあって共倒れする確率と、どちらかがどちらかを倒す確率が。二つに分裂したまま併存するのは、ありえ得ないと言いきった。

「ずいぶんはっきりと断言しやがって」

苦い笑みを浮かべてつぶやくと、背後からゆっくり走ってきた車が佐渡島を追い越して、前方で停まる。どこか見覚えのあるシーマだった。

運転席のドアが開き、思いも寄らない顔が現れた。雉間だ。雉間組組長、本家の若頭補佐のひとり。雉間はこちらにやってくると、

「お久しぶりです、カシラ！」

背すじをぴんと伸ばして挨拶し、深々と頭を下げる。

「もうカシラじゃねえよ」

佐渡島は微苦笑して「元気か？」と続ける。

「はい！」

「組の連中も変わりないか」

「はい！　相変わらずバカばっかかです」

「そうか」

佐渡島がシーマの方へ視線を向けると、雉間は引き締まった顔つきをする。

「あのう、実はあの車の中に、カシラにお会いしたいという方をお連れしてまして……」

「総本部長か？」

「──はい」

雉間は声を一トーン落として答える。そう、あのシーマは総本部長の愛車だった。周囲を窺いつつ車に近づいて後部座席のドアを開けると、

「よう」

関東大鵯鶴会の総本部長・鳩ケ谷《はとがや》太一《たいち》が、本革のリクライニングシートに短軀《たんく》を沈めている。見た瞬間、痩せたと思った。それに老けた。ごま塩頭が真っ白になって、まだ七十前のはずなのにプラス十歳は年を取って見える。

「ご無沙汰しております」

衝撃を顔には出さずに佐渡島が一礼すると、「どうだ、すっかりヨボになったろう？」と鳩ヶ谷の叔父貴は自らそう笑ってみせる。

その声にも、かつてのような張りはなかった。老人の声だった。

「まあ座れや」

車中へ招じ入れられて、アームレストを挟んで鳩ヶ谷の隣に腰を下ろす。雉間は運転席に座る。

「すまねえな、こんな待ち伏せるような真似してよ。お前が今日、曙一家のホールに招ばれてるって小耳に挟んだもんでな。ここで待ってりゃ会えるんじゃねえかと思って、こいつに連れてきてもらったのさ」

鳩ヶ谷は、雉間の後頭部を目線で指す。

「どこからその情報を摑んだのですか？」

失礼かとも思ったが、単刀直入に尋ねる。すると「会長からだ」と鳩ヶ谷は答える。

「おかげでここんとこ、とみに機嫌が悪くてな。なあ、お前らもとばっちり食って大変だよな」

後ろの部分は雉間にかけた言葉だった。雉間は前を向いたまま、石のように黙っている。

「お身体の方はいかがですか」

夏前まで、つまり自分たちが本家を離脱する前まで、鳩ヶ谷は持病の悪化で長いこと入院していた。

「肝硬変の一歩手前よ。俺も無茶苦茶やってきたからなあ」

腹部をしわだらけの手でさする。現在も通院をしているそうだ。

「お前も気をつけろよ。ヤクザで肝臓いわすやつは多いんだ。今お前に倒れられたら、困っちまう連中がいっぱいいるだろう」

穏やかな口調でそう言う。組織の上に立つ者は病気もできない。だから健康には気をつけろと、この叔父貴は以前から若いやつらにまめまめしく言っていた。そのくせ自分は大酒呑《おおざけの》みで運動嫌いなのだった。

鳩ヶ谷は、大鵟鶏初代が現役だった時代から幹部として組織を支えていた。執行部内の大黒柱みたいな存在だった。

鳶田のように目から鼻に抜ける才気走ったタイプではなく、故・二代目の鷺沼とはまたちがった実直さがあった。親身になって下の者をかわいがり、情に厚く、面倒見がいい。あの調子のいい尾長など、鳩ヶ谷の下で育ててもらっていなければ、はたして若頭補佐にまでなれたかどうか。

組織への貢献度や人望からすれば会長の座も狙えたのに、自分はトップの器ではないと、常に一歩引いていた。

この叔父貴には申し訳ないことをしたと思う。病気をかかえているというのに、さらに心労をかけてしまった。本家を割って出たことで、鳩ヶ谷に対しても裏切り行為をはたらいた。

しかし詫《わ》びを入れることはできない。申し訳ないとは思うが、自分のしたことに後悔はしていない。

「俺に話とは何でしょう」

敢《あ》えて感情を込めない口調で促すと、鳩ヶ谷は少し沈黙し、再び口を開く。

「ここらで一度、会長と会ってみてくれねえか」

それを聞いても驚かなかった。総本部長がこうしてわざわざ出向いてくるからには、それなりの用件だろうと思ったからだ。

「会長が直接そうおっしゃったのですか？　俺と会いたい、と」

突っ込んで尋ねると、鳩ヶ谷はやれやれというふうに首を振る。その表情の弱々しさに、また軽くショックを受ける。

「いいや。これは執行部総本部長としての、俺なりに考えての行動だ。鳶田との話しあいの席を俺が責任をもって設ける。お前と会うよう鳶田を説得する」

「つまり、我々に戻ってこいということですか？　絶縁を取り消し、再び本家の一員として迎える、と。そんなことを会長がお許しになるでしょうか？」

我ながら意地の悪い問いかけだった。鷲住総長の弁ではないが、鳶田の叔父貴が自分を許すはずがないだろう。その一方で、鳩ヶ谷がこのように恥を忍んだ申し出をしてくることに、言いようのない寂寥《せきりょう》を覚えた。

出ていった側ではなく、出ていかれた側の方から手打ちを提案してくるなんて。それだけ今の本家はガタガタの状態なのだろうか。

「……口に出しては言わねえが、会長も今のままではまずいと思っているはずだ。だが、こういうときこそ脇の連中が動かなきゃあならんのに、鳶田の周りにいるやつらはちっとも動きやがらねえ。安生地は腰ぎんちゃくで、尾長はどうやらびびっちまってな。情けねえよ」

そこで鳩ヶ谷は、ふう、と息をつく。アームレストに置いてあるアミノ酸ドリンクのキャップを開けて口をつける。アルブミン値を上げるため、毎日三本飲んでるそうだ。

時間をかけてドリンクを飲み干してから、

「それでこうして老体に鞭打《むちう》って、お前に会いにきたってわけさ」

がさついた声で佐渡島に、本家との和解交渉を申し出る。

申し出はいったん預かることにして、追って返答しますと鳩ヶ谷に告げる。

「いい返事を待ってるぞ」

「お身体を、どうぞ大事になさってください」

一礼して車を降りようとすると、鳩ヶ谷が運転席の雉間に声をかける。

「お前も、ちょっと外で一服してきたらどうだ。俺は少し休んでるからよ」

自分たちだけで話ができるように気遣ってくれたのだろう。雉間も車の外へ出てくる。すぐ近くの灰皿つき自販機まで移動して、コートのポケットから煙草を出し、雉間に一本勧める。

「頂戴します」

外はもう、とっぷり暗くなっていた。街灯の下で並んで煙草をふかす。

雉間と顔をあわせるのは離脱以来だった。シノギはうまくいってるのか。鳶田からいびられていないか。訊きたいことはたくさんあるのだが、いざこうして会ってみると、なかなか言葉が出てこない。

「総本部長と親しいのか？」

沈黙を破って佐渡島が話しかけると、「はい、よくしてもらってます」と雉間は答える。

若頭補佐の中で新入りの自分を、何かと気にかけてくださっている、と。

「総本部長は面倒見のいい方だからな。それに今は病気をしているし、どうかいたわってやってくれ」

そう言ってから、何を今さら、と内心で苦笑する。後足で砂をかけて組織を出た自分に、そんなえらそうなことを言える資格はないのに。

しかし雉間は真っ正直に、「はい」とうなずく。その愚直さに胸が痛んで話題を変える。

「そういやこの前、目白と会ったんだって？」

「あ、はい。偶然呑み屋でお会いして……ゴチになりました」

「そうか。あいつから娘の自慢話を聞かされなかったか」

「はあ、ちょっとだけ」

「あいつ、意外とそういうとこあるんだよな」

「はあ」

再び沈黙が流れる。自分もそうだが雉間もなかなか口が重い性質《たち》だった。場をあたためるためのスモールトークというのが苦手なのだ。

組を構え、若頭となり、今は組織の代表となって、だいぶ喋りの技術も向上したけれど、本質的には口下手な方だと思う。それもあってか自分同様に喋るのが苦手な雉間には、どことなく親近感を抱いていた。

本家を離れる際に雉間には声をかけなかった。雉間組はもともとが連雀組であり、連雀組は鳶田の直系の組だった。雉間自身も組長となったときに鳶田から盃を受けている。立場的には鳶田側の人間ということになる。

そんな雉間を新団体に連れていくわけにはいかなかった。鳶田に対する最低限の礼儀でもあるがそれ以上に、もし仲間に引き込んだら、こいつ経由で鳶田の叔父貴に離脱計画がばれるかもしれないという恐れもあった。

なんだかんだと理由をつけても、とどのつまりは保身のために切り捨てたのだ。

かつての組長だった連雀を追いやり、組ごと預かって一本立ちさせたのちに、置いてきぼりにして出ていった。さぞかし自分を恨んでいるだろう……と、ずっと思っていた。

「カシラ」

黙っていた雉間が突然、口を開く。生一本なまなざしをこちらに当ててくる。

「こっちに戻ってきては……くれませんか」

「分からねえな」

その視線を受けて、鳩ヶ谷には言わなかった本心をこいつに語る。

「こんな言い方は酷だろうが、今の本家はドロ船だ。三代目が気持ちを入れ替えてくれるってんなら考えるが、そうでなければ戻るつもりはねえ。総本部長には申し訳ないがな」

それを聞いて雉間はしばしうつむき、再び顔を上げる。

「でしたら俺は……カシラについていきたいです。カシラのそばにいたいんです」

煙草が燃え尽きる。佐渡島は懐から名刺を一枚抜くと、元部下の手に握らせる。

「なんかあったら連絡しろよ」

それが今の状況、今の自分の立場でできる精いっぱいのことだった。

煙草一本分だけの短い会話を終えると、雉間はシーマに戻っていって、静かに発進させる。歩道に佇んで、走っていく車が見えなくなるまで見送った。それから手を上げてタクシーを拾った。

三

クリスマスの朝。パタパタパタパタと廊下を走ってくる音がして、寝室のドアがバタン！と勢いよく開けられる。

「歯がぬけた！」

ベッドに息子がダイブしてきて、両親の間にもぞもぞ潜り込んでくる。

「見て、トオチャン。起きたらスグの歯ぬけちゃった」

握っている右手を開いて小さな歯を見せてくる。

「上の歯か下の歯か、どっちだ」と訊くと、口を大きく「んー」と開ける。上の右寄りの前歯が一本分、ぽっかり空いている。

「少し前からぐらぐらしてる、って言ってたものね」

妻が息子の頭を撫でて、まだ少し眠そうな声で語りかける。

「それとね、オセロが枕のとなりにあったの。サンタさんが持ってきてくれたの。なんでスグがオセロほしいって分かったんだろう。カアチャンとトオチャンにしか教えてないのに」

ふしぎそうな顔をする坊主に微笑みかける。

「サンタさんからのプレゼント、嬉しいか」

「うれしい！　トオチャン、今日はおうちにいるんでしょ。お仕事お休みなんでしょ」

「ああ。今日は日曜だし、クリスマスだしな。一日中うちにいるぞ」

「やったあ！　トオチャン、オセロしよう！」

ベビーベッドで眠っていた赤ん坊が、騒がしさに目が覚めて泣きだす。妻が抱き上げ、本日最初の授乳をする。

その間に坊主に着替えをさせて、自分の身支度も整えると朝食の準備をする。

独り身だった頃のように、今でも休みの日にはたまに朝メシをつくっている。ひづるは夏恵の世話でまだ手いっぱいな状態だし、もともと自炊はしていたので、家にいるときはなるべくできることをするようにしている。

坊主を助手にして納豆をパック三つ分かき混ぜさせ、ささっと納豆オムレツを拵える。みそ汁は厚揚げとワカメと、冷蔵庫にブロッコリーがあったので、これも適当に切って鍋にぶち込む。

「トオチャン、あのね、金曜日に子ども食堂でクリスマス会やったの」

皿をこちらに渡しながら優が話しかけてくる。

「子ども食堂？」

「うん、ビンゴ大会やって、ケーキも食べたの、楽しかった。スグ、チョコケーキ食べた」

そういった慈善活動が最近流行《はや》っているのは知っていた。聞くと、幼稚園で月に数回、定期的に行っているらしい。今月はカアチャンがお手伝い当番だったそうだ。そんなこと、ひづるは言っていなかったが。

食卓が整ったところで妻がやってくる。「わあ、いい匂い」

胸に抱いている娘にも「ほら、朝ごはんおいしそうねえ」と膳を見せる。夏恵は小さな鼻をひくひくさせて、オムレツに向かって丸っこい手を伸ばしてくる。その鼻をつまんでやると、うーと唸られる。

「夏恵ちゃん、食いしんぼ」

優が笑う。

「子ども食堂でも、みんなといっしょにケーキ食べたがって泣いちゃったもんね。ね、カアチャン」

「そっ……そうね、そうそう。だってまだ離乳食もはじめてないんだものね。あ、だけどもうそろそろはじめましょうか。ね、夏恵ちゃん」

ひづるが急に早口になって赤ん坊に話しかける。

「そこの手伝いをしてるんだって？」

佐渡島が何の気なしに尋ねると、

「あ……で、でも、もう終わったんです。この前で」

という返事がくる。

普段よりものんびりと朝食をとり、食器を洗い終えると、坊主を連れて外に出る。抜けた歯をマンションの庭先にでも埋めにいくのだ。規約違反かもしれないけれど、べつにばれないだろう。

「何か買ってくるもの、あるか」

ひづるに声をかけると、買いものは昨日のうちに済ませておいたという。クリスマスということでスタッフドチキンを作ってみるのだそうだ。そういえば今朝、台所のテーブルには丸鶏があった。昨夜から解凍していたのだろう。

坊主の手を引いてエレベーターで一階に下りる。広々としたエントランスホールには、数日前からクリスマス・ツリーがでんと置かれてあった。本物のモミの木だ。きらきらした飾りがついていて、てっぺんには金色の星が刺さっている。

「おはようございます、佐渡島さま」

フロントにいるコンシェルジェから挨拶され、優が元気よく「おはようございます!」と返事する。

「見て見て、歯、ぬけたの」

自慢げにコンシェルジェにも抜けた歯を披露する。「今からお庭にいって、うめ……」と言いかける坊主を慌てて引っ担ぎ、自動ドアをくぐる。「いってらっしゃいませ」という声が背中にあたる。

「お前なあ、知らない大人に、あんまほいほい話しかけるなよ」

「知らない人じゃないよ。コンシェルジェさんだもん、知ってるよ」

「そうだけどよ」

「それにトオチャン、いつも言ってるでしょ。〝おはようございます〟と〝こんにちは〟のごあいさつはきちんとしなさい、って」

「……そうだな」

この息子は父親に似ず、どんどん口が達者になってくる。小生意気ではあるが、そこがかわいくもある。

ここの建物は四方が芝生で囲まれて、庭を形づくっている。広さはさほどでもないが、花壇や木の他に小さな池もあり、ぐるっと歩きまわるだけでも散歩気分が味わえる。

手をつないでいる優が質問してくる。

「どうして歯を地面に埋めるの？」

「大人の歯が、すくすく生えてくるようにだ」

「じゃあ、下の歯もぬけたら埋めるの？」

「そうだな、下の歯は普通、屋根に向かって投げるもんだけど、ここはマンションで屋根がないからなあ」

「そっかあ。この前ひらりちゃんも下の歯がぬけてたから、きいてみるね」

ひらりちゃんとは幼稚園の友だちだそうだ。お姉さんぶって、何かと言ってくるのだという。手を洗ったらズボンで拭わないでちゃんとハンカチを使えとか、脱いだ靴はそろえておかなきゃダメ、とか。

「スグにばっかり言うの。ほかの男子には言わないのに」

「そりゃあ気に入られてるな、お前」

そんな会話をしながら、適当な木の根もとに歯を埋める。かぶせた土をぽんぽんとならすと、

「大人の歯がすくすく生えてきますように」

坊主は手を組んでお祈りをする。そのポーズに、不意にオヤジを思い出した。初代会長、大鶴鶏仁平。自分の盃親であり、自分がオヤジと呼ぶ唯一の存在だ。

現役引退後、キリスト教に帰依したオヤジはたびたび今の坊主のように、両手を組んで祈っていたことがあった。何に対して祈っていたのか、あるいはどんな赦《ゆる》しを乞うていたのか。今となっては分からない。息子の姿にオヤジを重ねるなんて、我ながらふしぎだった。

「さあ、いくか」

「うん」


部屋に戻ると、ひづるがこわばった表情をしてソファに座っていた。スマートフォンを膝の上で握りしめている。

「どうかしたか」

「あの……たった今、兄から電話がかかってきて」

実家の父親が亡くなったのだという。昨晩トイレで倒れて救急車で病院に運ばれ、今朝方、息を引き取った、と。

「今、仮通夜の準備をしているそうなんです。私にも、来られるようなら来るようにって……」

「すぐ支度しろよ。子どもらは俺がみるから」

妻は実家から勘当同然の身となっていた。ヤクザ者と一緒になったことで、親兄弟との関係が切れてしまっていた。妻の家は名のある料亭をしているので、その娘婿が暴力団の組長であることが世間に知れたら、店の評判にもかかわる。かろうじて年の離れた兄とだけ、ひづるは時折り連絡しあっているようだった。

青ざめながら妻は立ち上がる。

「カアチャン、お出かけするの」

まとわりつこうとする優に「夜には帰ってくるからね」と、なんとか笑顔をつくって話しかける。すると子どもなりに状況を察したのか、坊主はおとなしくうなずく。

しばらくして、黒いワンピース姿の妻がリビングルームに現れる。結い上げた黒髪が、憂いのある表情を引き立たせている。

「わあ、カアチャンきれい」

妻は、すっとしゃがんで息子と目線の高さをあわせる。

「トオチャンと夏恵ちゃんと、いい子でお留守番しててね」

堂道を呼ぶから車で向かうように、と佐渡島が言うと、

「すみません。せっかくのお休みの日に……それに、私ひとりだけで出向いて……」

「そんなの気にすんな。それよりこれ」

妻が支度している間に用意しておいた香典袋を差し出す。もしもの場合に備えて、常に祝儀袋とセットで常備しているのだった。御霊前と表書きして、十万円入れてある。

「ピン札は混ざってないから問題ないだろ」

「ありがとう。ごめんなさい」

申し訳なさそうな顔で、また謝ってくる。そこへ堂道から連絡が入り、今、マンション前に車を待機させたという。

「なんだったら、今日は向こうに泊まってきたらどうだ。積もる話もあるだろうし」

「でも、優はともかくこの子が……」

ハイローチェアで昼寝している赤ん坊に、ひづるが心配そうな目を向ける。

「お前なあ、誰がこいつのおむつを取り換えてたと思うんだ?」

坊主の頭に手を置いてそう言うと、妻は少しだけ笑う。

「じゃあ、いってきます」

「ああ、いってこい」

「いってらっしゃーい」

息子と共に玄関前でひづるを送り出す。リビングルームに戻ると、「カアチャン、どこにいったの?」と訊かれる。

「カアチャンのお父さんが死んじゃったんだ。それで、お別れをしにいったんだ」

「カアチャンにもお父さん、いるの?」

坊主は驚いて目を丸くする。

「そりゃいるさ。お前にもトオチャンとカアチャンがいるだろう。それと同じように、カアチャンにもトオチャンとカアチャンがいるんだ」

「じゃあ、カアチャンのトオチャンが死んじゃったんだ……」

「ああ」

息子はソファに座る父親の股ぐらの間に、ちょこんと腰を下ろす。

「カアチャン、かわいそう」

「そうだな」

小さな背中をあずけてくる。

「トオチャンのオヤジも死んじゃったもんね。おさざきのおじいちゃん」

「そうだな」

おさざきのおじいちゃん。

優は大鷦鷯初代のことをそう呼んでいた。オヤジの死は、この息子が初めてふれた人の死だった。優は顔を上げて、父親をじっと見つめてくる。

「トオチャンは死なないでね。トオチャンが死んだらやだ」

そのまなざしのひたむきさに、つと胸を衝《つ》かれる。

「死なないぞ。トオチャンはまだまだ死なない」

「ほんと？」

「ああ、本当だ」

安心させるように頭を撫でると、坊主はにこっと笑う。

「トオチャン、オセロやろー」

「よし、ひと勝負するか」

三ゲーム目の途中で、目白から電話がかかってくる。一コールでとると、「すまねえな、休日に」と律義にまず言ってくる。

「かまわん、どうした」

「先方が和解交渉の日取りを知らせてきたぜ」

「そうか」

リビングから廊下に移動して通話を続ける。

鳩ヶ谷の叔父貴と接触したことについては、その後すぐに目白と話しあった。そして翌日の定例会の議題に上げた。上層部の密室会議で判断するのではなく、各組の代表者と情報を共有するため、敢えて定例会の俎上《そじょう》に載せた。

会議は紛糾した。断固として和睦に応じるべきではないという者。向こうの総本部長の顔を立てるためにも、会うだけ会ってみてはどうかという者。交渉の席自体が代表の命《タマ》をとろうとする罠《わな》にちがいない、と主張する者。

様々な意見が飛び交い、話しあいの末、以下の条件を先方に出した。

〝会談には両組織の責任者、関東大鵬鶏会会長・鳶田功と、任俠大鵬鶏会代表・佐渡島朱鷺の両名が出席すること〟

〝会談の場は、事務所や個人の邸宅といった密室的な空間ではなく、ホテルのロビーなどにすること〟

これらを呑めなければこの交渉には応じられない、と強気の返答をしたのだった。

本家は了承した。日時は三日後、場所は都内の某ホテルのカフェテリアではどうか、とのことだった。

「三代目会長が、直々にお越しくださるそうだとよ」

目白の声には電話越しにも皮肉っぽさがまぶされている。この連絡を寄こしてきたのは鳩ヶ谷の叔父貴でなく、鳶田の一の子分の安生地だったという。なんでも現在は本家の若頭代行を務めているそうだ。

「それでいいか?」と確認され、「ああ」と答える。

「しかしよく三代目会長が俺と会う気になったな」

目白の言い方に倣って鳶田のことをそう呼ぶと、

「曙一家がこっち側についたから、焦りはじめたんだろうよ」

目白は言う。そうかもしれない。だが、それに関して少々引っかかることがあった。

「じゃあ先方にOKの返事をしておくぞ。詳細は休み明けに詰めよう」

「分かった」

電話を切ると、廊下に立ったまま考える。

なぜ自分が曙一家の親睦会に招かれたという情報が、向こうに筒抜けになっていたのだろう。車の中で鳩ヶ谷の叔父貴は、会長から聞いたと語った。では会長はどうやってそれを知ったのか。

鷲住総長が教えたのだろうか。だとしたらあの食わせもの、俺にいい顔をしておきながら、鳶田ともちゃっかり通じていることになる。目的は二つの大鶴鶏会の対立を煽って、共倒れさせることか。味方を装ってその実、漁夫の利を得ようという目論見《もくろみ》で。

それとももっと単純に、こちらの内部に裏切り者がいるのだろうか。たとえばそう、定例会の出席者の中に――。

「トオチャン、夏恵ちゃん泣いちゃったー」

息子の声で、考えごとから引き戻される。優はふにゃふにゃ泣いている妹を、よたよたと抱きかかえている。

「ああ、腹が減ったんだな」

急いでミルクの準備をする。哺乳瓶に適当に粉ミルクを入れ、電子レンジでお湯をつくって注ぎ入れる。久しぶりだがちゃんとできた。赤ん坊の口にあてがうと、うっくうっくと音を立てて飲みはじめる。

まつ毛に涙の粒をつけ、ぱっちりと開けた目をまっすぐ父親に当てて、無心に、ひたすらに飲む。

「たくさん飲めよ」

「トオチャン、ミルクあげるの上手だね」

横で見ている坊主が感心したふうに言う。

「お前にもこうやってあげてたんだぞ」

「そっかあ」

それからおむつを交換し、三人で遊ぶ。

夏恵は寝返りが打てるようになった。お気に入りのオモチャを絨毯に置いてみると、ころんと転がって取りにいく。指の力が発達し、自分の足をぐっと丸めて爪先を興味深そうに掴んでいる。まるで犬か猫の子のようだ。いったい何歳頃までこんな芸当ができるのだろう。

「夏恵ちゃん、それ食べちゃダメ！」

オセロの石を口のなかに入れようとするのを、優が慌ててやめさせる。

「もう、目がはなせないんだから」

一丁前の言い方をするのがおかしい。どこでそんな言いまわしを覚えたのかと尋ねると、

「カアチャンがよく言ってる」とのことだ。

夕飯は息子のリクエストで、近所のファミレスへ行った。丸鶏は冷蔵庫に入れておいた。

優はお子さまランチのクリスマス限定バージョンを注文し、デザートのホットファッジサ

ンデーを半分、分けてくれた。

兄が食べるのを眺めつつ夏恵も口をもぐもぐさせて、よだれをたらりと流す。「お前はこっちな」と、スパウトで麦茶を飲ませてやる。

「カアチャンがお腹すかせて帰ってきたら、かわいそうだから」という息子の提案で、ローストビーフサンドを一人前、持ち帰りにしてもらう。


帰宅して三人で風呂に入ると、坊主を寝かせる時刻になった。

「そろそろ寝るか」と声をかけると、「あと一回オセロしたい」とせがまれ、再びオセロ盤を囲む。

「カアチャン、おそいねえ」

次の手を熟考しながら坊主がつぶやく。間もなく九時だ。

この時刻まで連絡がないということは、やはり今夜は実家に泊まってくるのだろうか。それがいいかもしれない。父親が死んだのだから通夜だけでなく葬式にも出た方がいい。それに、もしかしたらこれを機に、疎遠だった実家とも妻は仲直りができるかもしれない。

もしそうなってくれたら、自分としても嬉しかった。妻は何も言わないが、確実に自分と一緒になったことで、親兄弟と絶縁することになってしまったのだ。それをずっと申し訳なく思っていた。

玄関の方から、ドアが開く音がした。

「あ、カアチャンだ！」

優がぴょこんと立ち上がり、リビングルームを飛び出ていく。

「おかえり、カアチャンおかえり！　スグいい子にしてたよ」

応える妻の声は聞こえなかった。息子に続いて玄関口まで迎えにいく。

「なんだ、向こうに泊まってこなかったのか」

「……ええ」

ひづるはぐったりとした顔をしていた。目が充血して、薄いくまができている。きれいにまとめていた髪を無造作に下ろしていて、憔悴《しょうすい》した顔つきと相まって、どこか異様な雰囲気だった。

「カアチャン、大丈夫？」

優が不安そうに声をかける。

「お腹すいてない？　サンドイッチあるよ。疲れた？　眠い？　お風呂はいる？」

「ありがとう。大丈夫よ」

安心させるように息子に微笑みかけて、それから夫を見やる。

「子どもたちをみてくれて、ありがとうございました」

「どうだった？」

佐渡島が尋ねると、滞りなく済んだ、とひづるは言う。

「明日が本通夜で、お葬式は明後日《あさって》だそうです」

「明日もカアチャン、お出かけするの？」

優の問いに「ううん、どこにもいかないわよ」と、ひづるは応じる。

「もうどこにもいかない。だってカアチャンのおうちは、ここだもの」

やわらかなもの言いの中に、かすかな苦みが潜んでいた。何かあったのだろうか。よかれと思って送り出したが、手痛い仕打ちでも受けてきたのだろうか。ひづるの口調も態度も穏やかなのが、かえって痛々しく感じられた。

リビングのハイローチェアの前に妻は膝をつき、眠っている赤ん坊をのぞき込む。

「この子、いい子にしてましたか？」

一時間前に最後のミルクをやったと言うと、

「そう、今日はお父さんとお兄ちゃんと過ごしたのねえ」

娘のふっくらとした頬を手の甲で撫でる。

「ねえ、カアチャンのトオチャン、なんで死んじゃったの？」

子どもならではの率直さで坊主が質問する。昼間の会話の影響だろう。自分の親にも親がいるということ、自分の親もかつては誰かの子どもであったということを、息子は今日初めて理解したようだった。

ひづるは絨毯に膝をついたまま、優をそっと抱き寄せる。

「カアチャンのトオチャンはね、今日の朝、突然死んでしまったの。もうおじいちゃんだったのよ」

「おさざきのおじいちゃんみたいに？」

その言葉に妻はふと、ソファに座っている夫を見やる。それから息子に向き直り、

「そう、春に亡くなったおさざきのおじいちゃんみたいに、年を取って死んじゃったの」

噛んで含める口調で言うと、

「カアチャン、かわいそう」

よしよしというふうに優は母親の頭を撫でる。

「元気だしてね」

途端、妻の潤んだように濃い黒目から、涙がぽろぽろこぼれ出す。

「カアチャン泣かないで。どこか痛いの？　スグ、悪いことした？」

「ううん……してない。優はなんにも悪いことなんてしてない。今日はごめんんね、せっか

くのクリスマスなのに、一緒にいられなくって。カアチャンひとりだけで出かけちゃって……」

濡れた声でそう語る妻が、無性にいじらしくなってくる。ソファから立ち上がり、息子ごと抱きしめる。

「トオチャン苦しい、息できないよー」

「ん？　そうか」

抗議を受けて腕の力をゆるめると「うん、ちょうどいい」と坊主に言われる。「ふふ」と胸のなかで、ひづるが泣き笑いを浮かべる。夜の色をした髪には線香の残り香があり、その香りを吸いながら三日後の会談についてなんとなく思いをめぐらせる。

万が一の場合に備えて防弾チョッキを着ていこう、と。

四

本家との会談には百舌を伴って赴いた。

この男は頭が切れて弁が立ち、肚も据わっているので、交渉ごとに同席させるにはうってつけだった。加えて佐渡島の秘書を長年務めていたので、佐渡島のものの見方、考え方

をよく理解している。

指定された高級ホテルのメインロビーのカフェテリアに、約束の時刻の三十分前に到着する。先方はまだ来ていない。非常口の近くの、ロビー全体を見渡せる位置のソファ席へと案内してもらう。百舌ともどもコーヒーをオーダーする。

場所柄、身なりのいい客たちでにぎわっていた。ロビーには新年を迎える華やかなディスプレイが施され、品のいい雰囲気の中にも年の瀬の活気があった。

「遅いですね」

百舌が腕時計をちらと見る。今は午後二時五十分。ここで三時の約束だった。

「まだあと十分あるぞ」

「向こうから打診しときながら遅れてやってくるなんて、ふざけた話ですよ」

「落ち着け」

声をひそめてたしなめる。この男は頭はいいのだが、少々気短なところがある。いや、頭がいいから色々と考えすぎて、些細《ささい》な点も気になるのかもしれない。

これから会う鳶田の叔父貴にも、そういうところがあった。頭脳明晰《めいせき》で抜け目がなく、損得勘定が抜群な分、人間を見る目がどこか冷たい。かつてはその冷静さに佐渡島は一目置いていたのだが、今は失望している。

「どうだ、終わったら一杯やってくか」

ぴりついている部下をなだめようとそう言うと、「いいですね」と百舌は表情をやわらげる。

その顔が、はっと引き締まる。

「来ました」

ロビーの方へ視線をやり、低い声で知らせる。黒のスーツ姿の男が三人、こちらに向かってやってくる。中央の男は、本家若頭補佐のひとり、安生地だった。両脇の二人は護衛だろう。

「これはこれは、ずいぶんと早いお越しですね。代表」

「……てめえ。呼び出しといてなんだ、そのふてえ態度は」

ソファから立ち上がりかける百舌を、「よせ」と短く制する。

「場所を考えろ」

ちょうど三時だった。安生地はテーブルを挟んで佐渡島の真向いに腰を下ろし、その両側に部下たちが座る。

「酒でもいかがですか?」と促されるが、それには答えず「会長はどうした?」と尋ねる。

「オヤジはあいにく火急の用事ができまして、私が代理で参りました」

安生地は涼しい顔で言う。当人は中肉中背だが、連れている部下がどちらも大柄で屈強そうなので、威圧感が生まれている。すでに周囲の客たちが、こちらをちらちらと窺っている。

鳶田のように安生地は髪をオールバックにして、しゃれたデザインの眼鏡をかけている。その目つきは細く鋭い。

「話がちがうな。会長本人が来るという約束だったはずだ。それに総本部長はどうした？今回の調え役なんだから、同席していただくのが筋じゃねえのか」

静かな口調で佐渡島が言うと、安生地は妙に芝居がかった動きで肩をすくめる。

「ですから、オヤジに代わって若頭代行である俺が来たというわけですよ。本日の会談については俺が全権を委任されています。それと総本部長ですが、このところ体調が思わしくないようでして」

こちらとしてもぜひ同席してくださいと頼んだのだけど、丁重に断られたのだと安生地は説明する。

佐渡島は心のうちで失笑する。いけしゃあしゃあと口から出まかせを言いやがって。

自分が言い出した会談の場に立ち会わないなんて、そんな無責任な真似を鳩ヶ谷の叔父貴がするものか。おおかたお前らが叔父貴をシャットアウトしたのか、今日の情報を一切伝えなかったんだろうよ。

それにしても舐められたものだと思う。一方的に約束を違《たが》え、会長本人ではなくこんな青二才を代理で寄こすとは。

佐渡島が沈黙していると、百舌が再び喧嘩腰《けんかごし》になる。

「てめえじゃ話にならんだろうが。ああ?」

安生地の部下の片方がすかさず言い返す。

「カシラに舐めた口きいてんじゃねえぞ、おらぁ!」

「ごちゃごちゃうるせえんだよ!」

安生地が意外なほどの重量のある声で、部下を怒鳴りつける。

「他のお客さま方の迷惑になるだろうが、ボケが!」

その怒声に、この卓を注視していた周りの視線が一斉に逸らされる。

「お前もだよ」

佐渡島は百舌をにらみつける。「黙って座ってろ」

「さて」

安生地は脚を組んで水をひと口飲む。

「オヤジからことづかって参りました。そちらさんがうちに戻ってきたいというのなら、受け入れてもいい、と。ただし条件があります」

「条件だと？」

「ええ」

安生地はレンズ越しに三白眼を当ててくる。

「佐渡島代表と目白本部長は、なんといっても逆盃をやってのけた絶縁者ですのでね。本来なら戻ってくるなんて絶対に許されないことですが——」

〝許されない〟という言い方に、無意識のうち佐渡島の眉がぴくりとうごめく。安生地は喋り続ける。

「お二方のシノギを、そっくりうちのオヤジに差し出すというのなら、今だったらまだ親子喧嘩《げんか》ということで許してやるとのことです」

「許してやる……か」

口の端に笑みを浮かべて、つぶやく。

「お前、お笑い芸人か？」

「は？」

安生地が細い目を胡乱《うろん》げに細める。もう一度言う。

「お前はお笑い芸人なのかって訊いてるんだよ」

「なんすか急に」

「芸人じゃねえんなら、なんで笑えねえ冗談を言ってくるんだ」

佐渡島は安生地を見据える。白目の青みの部分がぎらりと光り、青筋が立ったようになる。

「会長にお伝えしてくれ。俺らはあんたのケツを舐める気はねえ、となｊ」

はっ……と笑いかける安生地のネクタイを摑んで、ぐっと引き寄せる。その気になったら今ここでこいつを殺せる。そう思うとかえって冷静になれた。ぶつかりそうなほど顔を近づけ、ささやくように鳶田への伝言を託す。

「あんたは俺の親父《おやじ》じゃねえ。俺もあんたの子じゃねえよ」と。

ネクタイを離した途端、安生地はぱっと飛び退《しさ》る。額に微量の汗がにじんでいる。「たしかに伝えときますよ」と言い捨てて、部下たちを従え、足早にこの場を立ち去っていく。

百舌と二人、残される。

「……交渉決裂だな」

冷めたコーヒーをすすりつつ、ぼそりと言う。

「カッコよかったです、オヤジ」

百舌が誇らしげなまなざしを向けてくる。

「お前な、この状況が分かってんのか。これからますます面倒になるぞ。目白にも叱られるぜ。てめえら何やってんだ、って。和平交渉しにいって喧嘩ふっかけてきてどうすんだ、ってな」

目白の呆《あき》れ顔《がお》が目に浮かんでくるようだ。

「俺はオヤジについていくだけです」

迷いのない口ぶりでそう言われ、ため息をつく。とりあえずウェイターにグラスビールを二杯、注文する。

第三章　姐さんを狙う罠

一

年の暮れに父親が亡くなったという知らせを受けた。電話でそれを教えてくれたのは、年の離れた兄だった。

父親は料亭「ことの葉」の三代目で、ひづるが実家にいた頃すでに長男である兄に店を任せて隠居していた。亡くなる前日まで普段と変わりなかったのに、突然の心筋梗塞だったという。

「明日の本通夜と葬式には、親戚や仕事関係の人たちが来るだろうから……」

電話越しに言いづらそうに説明する兄の続きを受けて、

「きっと私がいたらまずいですよね。何かと問題ばかり起こしてますし」

ひづるがそう言うと、兄は黙ってしまった。

あそこの娘は学生時代に婚約と破談騒動を引き起こし、挙句に家出して、今はヤクザと一緒に暮らしているらしい。とんでもない不始末ばかりやらかした親不孝者。

自分にまつわるこのような醜聞が、親戚やことの葉の関係者の間に広まっていることを、ひづるは、いつとはなしに知っていた。人の口に戸は立てられない。それに事実、そのとおりなのだった。

「大丈夫、お通夜にもお葬式にも伺いませんから。何もできなくてごめんなさい。父さんのこと教えてくれて、ありがとう」

追って香典を送ると告げると、今晩、身内だけで仮通夜をすると兄が告げる。

「親父の顔、見にきてやってくれないか……おふくろも、お前に会いたがってるんだ」

電話を切って夫に相談すると、すぐいくようにと背中を押された。香典や車の手配もしてくれて、ありがたくも申し訳なかった。兄は、夫や子どもたちも一緒に、とはひと言も言わなかったから。

堂道の運転する車で、実に三年ぶりに実家へ向かった。動揺し、緊張していた。バックミラー越しに堂道が気づかうまなざしを向けてくる。

「ごめんなさい、お休みの日にまで呼びつけてしまって」

その視線を受けて言うと、

「気にしないでください。オレの仕事ですんで」

神妙な声でそう言われる。気持ちを落ち着かせたくて、彼から問われるままにひづるは、ぽつりぽつりと自分のことを語った。

もともと家族とは折り合いがよくなかったこと。家出した形で夫と一緒になったこと。以来、ずっと生家とは縁の切れた状態であること。実家は料亭で、現在は兄が跡を継いでいることなども。

堂道は神妙にひづるの話を聞いていた。

「そうなんですか……姐さん、料亭のお嬢さんだったんですね。それでどこか品があると思った。料理もお上手ですし」

「今は親戚中の鼻つまみ者ですけどね」

苦笑いをするひづるに、

「ご家族を捨ててまでオヤジを選んだわけでしょう。すごいや。愛っすね」

感じ入ったように堂道は、うんうんとうなずく。

褒めるつもりでそう言ったのだろうが、咎められているように感じてしまうのは……きっと自分の心がそうさせるのだろう。夫も子どもも伴わず、自分だけで父の仮通夜に赴くのだから。

見覚えのある街並みが見えてきた。この界隈《かいわい》はもう地元だ。落ち着いた雰囲気の花街の一角。堂道に指示を出し、店舗兼、実家の敷地《しきち》の少し手前で停めてもらう。

「ここでけっこうです。どうもありがとうございました」

「電話くれましたら、いつでもお迎えに上がりますんで」

堂道は運転席から降りると、後部ドアをわざわざ開けてくれる。畏《かしこ》まった表情でぺこりと頭を下げる。

「お悔やみ申し上げます」

家の門をくぐるところで、ちらと後ろを振り返ると、堂道はまだそこにいた。ひづるが中に入るのを見届けようとしているかのようだった。

休日ということもあり、店は閉まっていた。母屋の方へまわってみると、驚いたことに敷地内の隅にあった離れの部屋がなくなっていた。約三年間、自分が寝起きしていた空間がぽっかり更地になっている。

「ひづるさん?」

背後から呼びかけられて、振り向くと兄嫁がいた。

女性にしては長身で、堂々とした佇まいの義理の姉は、ことの葉の若女将《おかみ》を務めている。

ひづるはこの義姉が昔から少々苦手だった。有能で自信に充ちて合理的な性格をしていて、自分よりだいぶ年上ということもあり、なんとなく打ち解けることができなかった。

義姉の方も、義理の妹であるひづるに必要以上に干渉しなかった。適度な距離を保ちながら接してくれていた。婚家の内情に立ち入ろうとしないその態度には、ある種の節度さえあった。

「来てくれたのね。お義父《とう》さんもついさっき病院から帰ってきたところなの。さあ、うちに入って」

義姉はしっかりとした口調でひづるを母屋に誘う。

久々に足を踏み入れる実家は、バリアフリーにリフォームされていた。室内の至るところに手すりがついていて、段差がなくなり、薄暗かった台所には天窓が作られて明るくなっている。

どこもかしこも様変わりして、匂いまで変わっていた。かつての実家の空気には日本家屋特有の湿りがあって、雨に似た匂いがしていた。今は改築された家独特の、新しい匂いがする。

父親は、仏壇のある奥の座敷《ざしき》に布団を敷いて寝かされていた。顔には白い布がかけられて、シーツも枕も白だった。枕もとに臨時の祭壇があり、水の入ったコップ、一膳飯、花立てに香炉が供えられている。

「お顔を見てあげて」

義姉に促され、遺体の顔を覆っている布を、そっと持ち上げる。

まるで眠っているような死に顔だった。頬は蠟《ろう》のように青白く、唇の色はほとんどない。ひづるの記憶の中の生前の父そのままに、穏やかで茫洋《ぼうよう》とした顔つきのまま固まっている。息を引き取ってまだ半日と経っていない。

父と自分は、お世辞にも情愛深い父娘《おやこ》とは言えなかった。父にうんと甘えたことも、父から真剣に叱られたこともなかった。兄から訃報の電話を受けたときも、衝撃を受けこそすれ涙は出てこなかった。

それでも、こうして父の亡《な》き骸《がら》に対面すると、いたたまれない思いが込み上がってくる。ごめんなさい、と心の中で語りかける。そこへ襖《ふすま》が開き、母と兄が現れる。

「……おかえりなさい」

母がひづるの傍らに座り込み、肩に手を添える。

「来てくれたのねえ。ありがとうね、ありがとう」

弱々しい声だった。それでいて妙に甲高い、なつかしい母の声。そこでようやく涙が出そうになってきて、「ただいま」と小さく答える。

今夜は身内だけで過ごすとのことだった。仮の通夜なので、僧侶の読経も通夜ぶるまいもない。夜通し線香を絶やさず焚《た》いて遺体を見守り、故人の冥福を祈るのだ。

ひづるは兄と共に廊下へ出て、夫が持たせてくれた香典を渡す。兄は礼を言って受けとると、

「元気にやってるか?」

「ええ」

「子どもたちは? 赤ん坊、まだ小さいんだろう」

今日は夫がみてくれていると答えると「いい旦那だな」と兄はつぶやく。実家の中でこの兄だけが佐渡島の顔を知っていた。兄は少し声を落として、ひづるに訊いてくる。

「今、大変なんじゃないか?」

少し前に週刊誌で某暴力団の分裂記事を読んだという。組織を割って出て結成されたという新たな団体の代表の名が、妹の旦那と同じだったので驚いた、と。

「そうなの。独立して新しい組を立ち上げたみたい」

ひづるはなるべく、なんでもないことのように気軽く答える。

「だけど、いつ抗争になるかも分からない、なんてふうに書かれてあったけどな。お前も

大丈夫なのか。その、巻き添えを食ったりしたら……」

「夫の仕事には口を出さないようにしているの」

佐渡島ほどではないが、それなりにがっしりした体格の兄を見上げて、きっぱり告げる。この話題はもうよしましょう、という意を込めて。

昔、同居していた頃よりも今の方が兄に対してまっすぐ話しかけられる。亡くなった父とは対照的に厳《いか》めしく、気難しいところのある兄に、臆さずに接することができる。

「心配してくれてありがとう。でも大丈夫よ」

なおも案じ顔をする兄に、安心させるように微笑みかける。

明日は本通夜で、明後日は葬式だ。突然の死であるし、年末ということで慌ただしくなるだろう。喪主は母だが、実質的に取り仕切るのは兄になる。これで本当に世代交代だ。

いつの間にやら日が翳《かげ》ろうとしていた。兄夫婦が方々に電話をかけたり、受けたりと忙しくしている間、ひづるは台所に立って食事の用意をする。大皿いっぱいのおにぎりと豚汁を作って、いつでも食べられるようにしておくと、奥の間にいる母の様子を見にいく。

「寒くない？」

父を安置しているので、エアコンは切っていた。義姉から借りたストールを母の肩にかける。食事を勧めるが、黙って首を横に振られる。

母はどこかぼんやりしていた。無理もないと思う。配偶者にいきなり死なれるなんて、想像もできない。クリーム色のセーターに同色のカーディガン、下は焦げ茶色のスカートという恰好だ。以前はいつも着物姿だったけど、店に出なくなってから母は洋服を着るようになった。

「お線香」

母がぽつりとつぶやく。祭壇の線香が燃え尽きていた。ひづるは立ち上がり、新しい線香に火をつける。「お父さん、いくつだったかしら」

何か話そうと思ってそう言うと、「七十七よ」という返事がくる。

「今年で喜寿だったのね」

「そう、お祝いにお兄ちゃん夫婦と四人で、温泉旅行に連れていってもらったの」

父の遺体を眺めて、母と少しずつ話をしていく。義姉の提案でこの家をバリアフリーにしたことや、店の経営状態が順調にいっていることなども母は語ってくれる。

「あの離れ、なくなったのね」

話の切れ目にひづるが言うと、母は障子戸の方へ視線をやる。その外には庭がある。

「もう誰も使ってないからね。防犯上そうした方がいいかと思って」

「そうね」

つと、母はひづるをじっと見つめる。

「あなた、きれいになったわねえ」

しみじみ言われて、戸惑う。

「どうしたの、いきなり」

「やっぱり女の人は、子どもを産むときれいになるのよね。お兄ちゃんから聞いてるわ。赤ちゃん、産まれたんでしょう。女の子ですってね」

「……ええ」

「名前はなんていうの？」

ひづるは数秒ためらい、娘の名を口にする。「夏恵」と。母の造作《ぞうさく》のいい顔立ちが、わずかにこわばる。それは、ひづるのことをとてもかわいがってくれた仲居の女性の名前だった。店の仕事で忙しかった母の代わりに幼いひづるの面倒をみてくれて、親代わりとも、恩人ともいえる人だった。

その人の名を我が子につけたことは、母からしてみれば複雑な思いがするのだろう。

「そう……あの子も元気にしている？　たしかもう六歳だったわよね」

〝あの子〟とは優のことだ。

優がまだ幼い頃のごく短い期間、自分たち母子は離れに置かせてもらったことがあった。

あのとき母は、ちっとも言葉を発しようとしない孫息子を指して『あの子、ひょっとして喋れないの?』と、ひづるに言ったのだった。母はそれを忘れたのだろうか。言われたこちらは今でもはっきりと憶えている。

「ええ、子どもたちはどちらも元気です」

答えながら、自分の中に両親に対するわだかまりが今も残っていることに、改めて気がつく。

もう何年も経つというのに心のしこりは消えていない。自分自身も親となって、子を持つ親の大変さが分かってきたというのに、それなのに、親を怨《うら》む気持ちは今でも胸の奥でくすぶっている。こんな自分を夫は知るまい。

私はたぶん、夫が思っているよりもずっと執念深くて、根に持つ性格なのだろう。

「あのね、あなたに渡したいものがあるの」

母はいったん部屋を出て戻ってくる。手に通帳を持っている。口座の名義はひづるになっていた。

「開けてみて」

渡された通帳を開くと、少なくない額の預金があった。三年前から父と一緒に少しずつ、積み立てていたのだという。

「上の子は来年、小学校でしょう。本当だったらランドセルでも用意してあげられたらいいんだけど……出しゃばっちゃいけないし、ね」

なのでせめて、これをお祝い金として贈らせてほしいという。

「あなたには父さんも母さんも、なんにもしてあげられなかったから……ごめんね。本当にごめんなさいね」

ひづるの手に通帳を握らせる。母の手は血管が浮いて、しわしわになっていた。後ろでまとめている髪には白髪が増えている。面差しのいい人だっただけに、老いの兆候が目立って見えた。

「お母さん」

さすがに胸が詰まってきて、母の手を握り返す。

「私の方こそ……ごめんなさい。ずっと連絡しないままで。子どもが産まれたことも知らせないで」

ハンドバッグから携帯電話を取り出すと「見てみて」と、子どもたちの画像を収めたフォルダを開く。生後数日目の夏恵、秋に動物園で撮った優などを、説明しながら母に見せていく。

母は目を細めて孫たちの画像を眺め、「あなたの赤ちゃんの頃にそっくり」と夏恵を指す。ひづるは子どもたちのことを母に話して聞かせる。お兄ちゃんはちょっぴり利かん気だけどやさしい子で、赤ちゃんはまだ泣くか眠るかしてばかり、と。

母は「今が一番大事な時期よね」としみじみ言う。居間のソファで兄妹そろって昼寝しているところを撮ったものを、特に気に入ったようだった。

「かわいいわね、なんてかわいらしいんでしょう。子どもがいるってほんとにいいわねえ」

「そうね。小さいのが二人もいると、毎日ばたばたして大変だけど」

「ねえ」

母が携帯の画像に目を落としたまま、言う。

「そんなに大変だったら、いっそ、ここで育てたらどうかしら?」

「――え?」

「ほら、うちはお兄ちゃん夫婦に子どもがいないでしょう。家の中もリフォームしたばかりで住みやすくなったし、空いてる部屋もあるし。あなたたち三人くらい増えても大丈夫だと思うの」

「三人って……あの、うちは四人家族なんだけど」

ひづるはぽかんとする。ひょっとして、母は同居を持ちかけているのだろうか。父が亡くなって心細くなって、兄夫婦だけでなく娘一家ともここで、みんなで一緒に暮らしたくなったのだろうか……と。

しかし次の言葉を聞いて、ちがうと分かった。

「この子たちを連れて、そろそろうちに戻ってこない？」

戻ってこない？　と言う語調に込められている意味あいを感じとり、

「なに……言ってるの？」

問う声が、かすかに震えを帯びた。

「子どもを連れて帰ってこい、というの？　夫を残して、私たちだけで？」

「だってあの人、ヤクザなんでしょう」

仕方ないでしょう、というのにも似た口調で母は言う。

「……っ……」

母に対して開こうとしていた心が、しゅわしゅわとしぼんでいく。

「心配なのよ。ヤクザの人なんかと一緒になって、あなたが毎日殴られたり撲《ぶ》たれたりしてるんじゃないかって。それに、上の子とは血がつながっていないじゃない。ほら、ニュースでよくやってる虐待みたいな……」

「やめてよ！」

母の言葉を遮って叫ぶ。

「夫はそんなことしません！　私のことも子どもたちのことも、すごく大切にしてくれてます。お父さんの香典だって持たせてくれたのよ。嘘《うそ》じゃないわ。兄さんに聞いてよ。会ったこともないのに悪く言わないで！」

「だけど今、問題ごとを起こしてるんでしょう」

それこそ兄から聞いたと母は言う。

「あなたたちの身に何かあったらと思うと、母さん心配で心配で。ねえ、今のうちに別れた方がいいんじゃないの。それで、みんなでうちに帰ってくればいいじゃない。ね？」

「な……っ」

呼吸が苦しくなる。頭の奥がガンガンして、目の裏が痛む。脳が酸欠状態になったかのようだ。膝の上で両手をぎゅうっと握りしめ、落ち着いて、落ち着いて、と自分に言い聞かせる。

すぐ横に父の遺体があるというのに、今ここで怒りを爆発させてはいけない。だけど、もうここにはいたくない。たぶん母には何を言っても通じない。母の言う〝みんな〟の中に夫は含まれていない。さっき携帯の画像を見ていたときも、夫が写っているものは母は開こうとしなかった。

そういうことなのだ。自分と夫が夫婦であることを母は認めていない。見ようともしない。それが悔しくて情けなくて、悲しかった。とても悲しかった。

線香の火が消えていた。ひづるはすっと立ち上がり、新しいものに火をつけると、静かに告げる。

「私、帰ります」

「え？」

祭壇の上に通帳を置いて、その場に母を残して座敷を出る。居間では兄が葬儀社と電話でやり取りをしていて、台所では義姉が食事をとっていた。「お義姉《ねえ》さん」と声をかけて、帰る旨を告げる。

「ごめんなさい。せっかく呼んでいただいたのに何もしないで」

義姉はひづるの顔を見て、「具合でも悪いの？」と尋ねる。ひどい形相をしているという。

「いえ……そういうわけではないんですが」

曖昧にうなずくと、それ以上は探ってこない。ただ帰り際、「旦那さんによろしくね」と言われる。「お香典、謹んでいただきました」そう義姉は折り目正しく一礼する。

その晩は、これまでで一番やさしく夫に抱かれた。

夫はいたわるように、慰めるように、壊れものを扱うように抱きしめてくれた。実家で何かあったらしいと、うすうす察していたようだったが何も訊かなかった。

時間をかけてゆるやかに愛しあって、一段一段、階段をのぼっていくように、ゆっくりと極まった。普段の情熱的な交わりとはちがう味。慰撫《いぶ》にも似たセックスを堪能《たんのう》した。行為のさなかに自然と涙があふれてきて、つながりながら涙を吸われた。目の際に当てられる唇があたたかい。その感触に胸が詰まって、いっそう泣けてしまった。

我ながらひどい娘だと思う。

父親の死に目に間に合わず、仮通夜を途中ですっぽかした。久々に会った母親とは衝突した。こじれた仲を修復する機会になるかもしれなかったのに、さらにこじらせて帰ってきた。父の死に顔を見ても一滴も涙をこぼさず、今になって泣いている。

「ごめんなさい」

「ん？」

恍惚の余韻を共有しつつ、小さな声でそうつぶやく。裸の肌に頰を寄せて夫の匂いを吸う。汗の湿りがかすかに残る、男の匂い。広くて厚い胸にすっぽりと包まれる。

「今日、せっかく送り出してもらったのに……母と喧嘩してきちゃった」

「三年ぶりに会ったのに……もしかしたら仲直りできるかもしれなかったのに……やっぱりダメだった」

「そうか」

「親子っつっても他人だからな。そういうこともあるだろ」

その口吻《こうふん》には、なにやら実感がこもっている。

「どっちがいいとか悪いとかじゃなくて……性《しょう》があう、あわない、なのかもな」

性があう、あわない。

そうかもしれない。母と自分は親子だけど性があわない。母は、けっして悪い人ではないのだけど言動に無神経なところがあって、一方、自分はくよくよとよく思い悩む性質だ。互いにどこかしっくりしない感じは、言われてみれば昔からあった気がする。

「そうなのかも……しれませんね」

「お前、けっこう気が強いもんな。通夜の席で親と喧嘩してくるなんて、さすがだな」

抱擁しているひづるの背を手のひらでさすり、からかい口調で夫は言う。

「……ごめんなさい」

「謝るなよ」

手はそのまま頭を撫でる。よしよしというように。

サイドテーブルの引き出しから——いつもはそこに避妊具を入れてあるのだが——夫は小ぶりの箱を取り出して「ん」と、ひづるに差し出す。箱は薄紙で包まれて、焦げ茶色のリボンで結ばれている。

「え……これは」

何ですか？　という視線を向けると、「やるよ」とひと言。

そこで、そういえば今日はクリスマスだったと気がつく。箱の中には指輪が入っていた。アームの部分に繊細な飾り彫りが施されて、中央にはブラックダイヤがひと粒、潤んだように輝いている。

驚きのあまり絶句する。まさか夫がこういうことをしてくるなんて、まったくの予想外だった。

（こういうの、すごく苦手なタイプだと思ってた……）

「気に入らないか？」

「い、いいえ、そんなことは」

「サイズあうか？」

左手の薬指にはめてみると、ぴったりだった。全裸の状態で指輪だけ身につけているというのも妙な感じがした。だけど嬉しかった。予想もしていなかっただけに、感動は倍増だ。

「ありがとうございます。とっても……嬉しい」

「ん」

夫はぶっきらぼうにうなずく。ひょっとしたら照れてるのかもしれない。

「……髪の色とあうと思った」

つけ加えるように言う。黒い髪と目の色にあうと思った、と。

最初は普通のダイヤにしようと考えていたけれど、宝飾店で黒ダイヤが目に入って、悩んだ末にこちらにしたのだという。その様子を想像する。どの指輪にしようかとガラスケースの前で考え込んでいる夫の姿は、なんだかかわいらしかった。

「ありがとうございます」

もう一度言うと、引き寄せられて、再び腕のなかに包まれる。

「あ、あの」

ひづるはもぞりと頭を起こす。今日、兄と母から言われたことが頭の隅に引っかかっていた。夫は今、雑誌の記事になるほどの事態を引き起こしているのだろうか。知らぬは自分ばかりで、実は大鵬鵜会は相当緊迫した状態になっているのだろうか。

もしかして、もうじき抗争が起きるのですか？　それはあなたが起こすのですか？

そんな問いが喉もとまで上がってくるものの、

「ん、どうした」

くつろいだ笑みを向けられて、何も言えなくなってしまう。

「いえ……なんでもありません」

「今日は大変だったろ。ゆっくり寝ろよ」

「ええ、おやすみなさい」

スポットライトの灯《あか》りが消えて、額にかかる夫の呼吸がじきに寝息に変わっていく。規則正しく無防備な呼吸音。その音を聞きながら、左手の指輪の石に唇をつける。すべすべして冷たい感触がする。

二

冬休みが終わって、幼稚園の三学期がはじまる。

年長組の優にとって最後の学期であり、春になったらいよいよ小学生になる。このところ自分の名を漢字で書く練習をしていて「スグの名前、なんでこんなにむずかしいの?」と、ひづるに訴えてくる。

「カアチャンのはひらがなで、かんたんなのに」

トオチャンの名前はもっと難しいのだと教えてやると、「じゃあ書いてみて」と言われる。子ども用ノートの空白部分に夫の名を綴ってやると、息子は「カッコいい」と評する。

「でもぜんぜん読めない」

年明け最初の子ども食堂の開催日。幼稚園へお迎えにいくと、優は「今日もいきたい」と言いだした。新しくできたお友だちと遊びたいのだという。唐突のお願いに、ひづるは困惑する。

（お手伝い当番が、やっと終わったところなのに……）

また子ども食堂へいくということは、すなわち、また鷹雄と顔をあわせるということだった。

「う〜ん、でもね、優はおうちでごはんが食べられるでしょう。子ども食堂はね、事情があっておうちでごはんを食べられない子たちのためのものなのよ」

道理を言って納得させようとすると、

「山本さんは、いつでもおいでって言ってた」

主催者の山本氏の名を優は出す。

「いろんなお友だちがいるから、また遊びにおいでって」

そこへ、近くにいたカスミがひらりの手を引いて会話に参入してくる。

「ね、よかったら顔を出してみません？　ほら、私たちもう当番ノルマを果たしたんだから、一回くらいお客さんしてもいいと思うし」

「え、ええと……そうですね」

少し考える。ひらりちゃんと優は、四月から同じ学区の小学校に入学することになっていた。カスミとは今後もいい関係を保っていきたいという思いもあり、これが最後と自分に言い聞かせ、お付き合いすることにする。

間もなくしてアジール・ネットワークの面々がやってくる。山本氏に挨拶をすると、今日は見学者も数名きているのだという。

「どうぞ自由に過ごしていってくださいね」

というわけで、プレイルームで遊んでいる我が子を見守りながら、母親たちは手近な椅子に腰かけてお喋りをする。話題は子どもに関することが中心だ。

間もなく行われる冬のお泊まり遠足。予防接種。卒園式の係の割り振り。そして小学校の準備など。ランドセルに学習机、勉強道具一式と、そろえなければならないものはたくさんあった。

「でもま、うちは実家がすぐ近くなんで、だいぶ助かっちゃってます。ひらりは初孫だから、ジイジとバアバがはりきって色々と用意してくれるんです」

ひづるの膝の上にちょこなんと座っている夏恵に笑いかけながら、カスミは話す。

すっかり夏恵が気に入ったようで「うちの子も、これくらいの頃は天使だったんだけどなあ」と、おどけた口ぶりだ。だけど、部屋の一角で優とおままごとをしている娘に向ける目はやさしい。

「あれえ」

カスミはいきなり、すっとんきょうな声を上げる。

「この指輪どうしたんですか？　初めて見た」

赤ん坊を支えているひづるの左手をとり、薬指をまじまじと見つめる。

「うわっ……これ、ブラックダイヤモンドじゃないですか……しかもかなりいいやつだ。ローズカットだ」

ローズカットとは、品質のいい宝石でないと、できないカッティングなのだそう。

「あ！　ひょっとしてっ、夫さんからのクリスマスプレゼントですか⁉」

食い気味に質問され、「あ……はい」とうなずくと、「いいなあ～」とカスミはため息をつく。

「さすが会社の社長！　外資系！　妻へのプレゼントもスマートだ～。聞いてくださいよ、うちのなんてコロコロ美顔器でしたよ。いや、そりゃたしかに私、丸顔だけどさあ……」

どうやら彼女の中で佐渡島は、外資系の会社社長のイメージで定着しているようだった。

カスミの夫は製薬会社のMRこと、営業マンをしているのだそうだ。カスミ自身は短大卒業後に結婚してすぐに子どもを授かり、主婦業一本槍《いっぽんやり》だという。

「なんで、旦那から仕事のグチとか聞かされても、どういう仕事をしているのかイマイチ分かんないんですよね。ただ、ふんふんって聞くしかなくって」

少女のように口をとがらせてカスミは語る。

「まあ、向こうもヨメからのアドバイスなんて、期待してないかもしれないけど」

「だけど話を聞いてもらえるだけで、旦那さんも気持ちが楽になってるんじゃないかしら」

ひづるは言う。

「そうでなかったらお仕事の話なんて、たぶんしないと思うんだけど」

「でもね、そのくせ『きみに話しても分かんないだろうけど』なんて言うんですよ、旦那。ひどいと思いません？　そっちこそ営業だったら主婦にも分かるように話せ、ってんですよ」

カスミはぷんぷんしているが、ひづるにはどこか、うらやましかった。夫は仕事のグチや悩みを妻に隠さず打ち明けて、妻はよく分からないなりにも耳を傾けている。そんな夫婦関係がうらやましかった。

「……いいなあ」

「え？」

きょとんとするカスミに「うちの夫は〝仕事〟のことを全然話してくれないんです」と、つい洩らしてしまう。

「前はそういうものかな、なんて思っていたんだけど、このところだんだん不安になってきて……。夫が外で何をしているか、どんなトラブルが起きているのかも分からないのが、不安なんです」

「そんな、トラブルだなんて」

カスミが取りなすように微笑みかける。

「尤も、うちの夫も、家にいる私に仕事の話をしたって仕方がないと思ってるのかもしれませんけど、だけどそういうの……ちょっぴりさびしいですね」

カスミの夫の弁ではないが、佐渡島からすれば、女房に仕事の話をしても分かるまいということなのかもしれない。それに夫の仕事を知るということは、夫の恐ろしさを知るということでもあった。

はたして自分にその覚悟があるのだろうか……と、ひづるは自問する。

佐渡島はもう、かつてのように、自分に対して怒りを爆発させることはなくなった。それでも本質的には恐ろしい人間だと思う。家族、とりわけ子どもたちにはとてもやさしいけれど、それとは別に冷酷な顔をちゃんと持っている。

暴力を生業として生きている者特有の恐ろしさ。それは夫という人間の一部だった。その部分を、ひづるは意識して刺激しないようにしている。

このところの佐渡島は、神経を張り詰めているように見える。優の相手をしていても、夏恵を抱っこしてても、どこか心ここにあらずというような表情をして、口数も減った。携帯をいつも手放さず、ときどき奥の寝室で長いこと電話をしている。

夫の身に、何かが起きつつあるような気配がある。夫は何も言わないけれど、それでも伝わってくるものがあった。

堂道にそれとなく水を向けても、以前は本家との関係などを色々と話してくれたのに、最近は口をつぐんでいる。「余計なことを姐さんに聞かせるなと、オヤジからお叱りを受けまして」そう恐縮して言うばかりだ。

そういうのを聞くにつけ、夫を案じる気持ちが増してくる。だけどそれを相談できる相手がいないのが、ひづるの不安を深めていた。

「私は仕事の話なんてしない旦那の方が、ラクでいいけどなあ」

朗らかな声でカスミは言う。

「きっとひづるさんの夫さんは、仕事は仕事、うちはうち、ってきっちり分けてる方《かた》なんですね。デキる男って感じでいいなあ」

「私は……グチや悩みも素直に教えてくれる旦那さんの方こそ、いいなあと思います」

互いの夫を「いいなあ」とうらやみあっている自分たちに気づいて、苦笑する。

「隣の芝生は青いってやつですね」

カスミがうまいことを言う。


新年最初の回とあって、本日のメニューはお雑煮だった。他にも白和《しらあ》えとお赤飯、デザートに冷凍ミカンもついてきた。

食事が済んだらテーブルや椅子を片づけて、かるた大会がはじまった。カスミにひらり、そして優も、床にばらまかれたかるたを囲む輪の中に混ざっている。

参加していないのは、ゆりかごで眠っている夏恵のそばにいるひづると、見学者の若い男女だけだった。彼らはメモをとったり、室内の様子をデジカメで撮ったりしている。

かるたに興じる面々の楽しそうな様子を眺めていると「カアチャンもやろう」と、優に手を引っ張られ、仲間入りをさせられる。

「犬も歩けば棒に当たる」

読み手を務める山本氏が札を読むと、「はい！」「はいはい！」と子どもたちが元気よく取り札を押さえる。小中学生の子が多いので、まだ六歳の優にはなかなか不利だった。すぐ目の前に取り札があっても、他の子にさっと取られてしまっている。

「むう〜」

ほっぺたを、ぷうとふくらませる。ひらりちゃんも何枚か取っているのに、まだ一枚も獲得していなかった。

「カアチャンの分、あげるわ」

ひづるが取り札を譲ろうとすると、優はぷるぷる首を横に振る。

「いらない！　自分でとる！」

山本氏が次の札を読む。

「ちりも積もれば山となる。ち、だぞ。ち〜」

ち、ち、ち……と、口にしながら優はきょろきょろする。すると斜め向かいの位置にいる鷹雄が、視線で優を誘導する。「ち」の札は彼の近くにあった。アイコンタクトでここだよ、と伝えている。

「あ、あったぁ！　はい！」

優は勢いよく床にスライディングして、取り札を押さえる。

「やったな。取ったな」

鷹雄が優を抱き起こし、頭をくしゃくしゃと撫でる。

「うん！　とったあ！」

にっこりと笑いかける優に、鷹雄は不意に泣きだしそうに顔をぐしゃりと歪めかける。

ひづるはすぐさまそこへいって、息子をさっと引き離す。

「どうもすみません」

「――いえ」

彼の顔を見ないようにして、言う。

「カアチャン見て。かるたとった、とったよ」

自分たちの場所に戻って、それから最後までかるた大会を続ける。終了後、挨拶をして失礼すると、堂道の運転する車がすでに迎えにきていた。夫からのことづけで、今夜は遅くなるとのことだった。

一月の末、優が幼稚園生活最後のイベントである、お泊まり遠足に出かける。二泊三日で信州のスキー場へいくのだ。

出発当日の朝、夫は「これも持っていけ」と、息子の荷物の中に愛用の腹巻きも入れていた。

「やだあ、カッコわるい」

「カッコ悪くてもいいんだ。腹をくだしたらもっとカッコ悪いぞ」

ちゃんと歯を磨けよ、寝る前にトイレにいけよ、先生方の言うことをよく聞いてな、とこと細かに注意事項を伝えている。

「元気でいってこいよ」

「うん。トオチャンも元気でね」

父と息子はハイタッチして、しばしの別れの挨拶を交わす。夫は出かけ際「今日は早く帰る」とひづるにも告げる。

「夕メシはうちで食う」

「あ、じゃあ何か……おいしいものでも作りましょう」

「ん」

「えー、いいなあ。スグもトオチャンと夜ごはん食べたい」

腰にまといつく息子の頭を夫はぽんぽんと撫でる。

「お前は遠足を楽しんでこい」

幼稚園から大型バスで、年長組の園児たちは元気よく出発していった。

バスの窓越しに手を振って遠ざかっていく息子を見送ると、さびしさと同時にささやかな解放感が生まれる。今日から三日間は幼稚園の送り迎えをしなくてもいいし、子どもの世話が半分になるというのは、正直なところ、かなり嬉しい。

それに今夜は夫も早く帰ってくると言っていた。

「夏恵ちゃん、今日はトオチャンを独り占めできるわよ」

スリングに包まれている娘に話しかけると、赤ん坊はぱっちりとした目を細めて、あーと笑う。

帰りにスーパーへ寄ると、鶏の手羽先と手羽元のいいのがあったので、水炊きを作ることにする。野菜に豆腐、きのこ類。日本酒も一本、買っておく。夫は家ではあまり呑む方ではないけれど、鍋ものにお酒がないのも少々もの足りない。

時間に余裕をもって買いものをして帰宅する。今日は堂道は同行していない。優の送迎がないので、明後日までは来なくてもいいと前もって言ってあった。

離乳食をはじめた夏恵に、おかゆを食べさせて、食後にはお気に入りの絵本を一緒に読む。優が乳幼児期に読んでいたものだ。紙のところどころに汚れがついていて、よだれの跡らしい染みもある。

赤ん坊が午後の昼寝をしている間に、水炊きの下拵えをしておく。

大鍋たっぷりの水で鶏肉《とりにく》をゆでて、だし汁をつくる。沸騰したら火を弱め、丁寧にアクを取りつつ野菜を切っていく。いい匂いがふんわりとキッチンに広がる。心が弾んできて、「ふふふ〜ん」と知らないうちに鼻歌を歌っていた。

なので、玄関先で物音がしたのに気づかなかった。

「ご機嫌だな」

いきなり背後から話しかけられて、びっくりして手から包丁が落ちそうになる。

「ああ……おどろいた」

夫だった。ダークグレーのスーツに白いシャツに黒ネクタイ。手には雑誌のようなものを持っている。ずいぶんと早い帰宅だ。まだ夕方前なのに。

「おかえりなさい。ほんとうに早かったですね」

ひづるが笑いかけると、

「亭主が早く帰ってきたら、何かまずいことでもあるのか?」

夫が、にこりともせずに自分を見つめている。

「え、いえ、そういうわけじゃ……」

手が自然とガスの火を止める。ほとんど無意識にそうしていた。

夫は手にしている雑誌をめくると、あるページを開いて無言で差し出す。こんな見出しが目に飛び込んできた。

〈元・汚職総理の不肖の息子、ただいま子ども食堂で更生中⁉〉

そこには鷹雄の写真が掲載されていた。しかもその横に自分が写っている。顔はモザイク処理でぼかされているけれど、左手に光るブラックダイヤの指輪は、アームの飾り彫りまでくっきりと見える。

背すじを、冷たい汗が流れ落ちるのを感じる。

「どういうことだ？　これは」

低い、静かな声で夫が言う。白目の部分のさえざえとした青みが、かつてなく濃くなっている。

三

年が明けてから、急速調に事態は緊迫していった。

本家こと、関東大鶺鴒会の総本部長・鳩ヶ谷太一が引退したという知らせが、新年最初の定例会で佐渡島の耳に入ってきた。病気の治療に専念するためというのが表向きの理由だったが、その実、体のいい追放であろう。

本家を割って出ていった裏切り者である自分と接触し、三代目会長との会談を勝手に約束し、失敗に終わらせた。その責任をとらされて引退させられた……というところではないだろうか。

「鳩ヶ谷組は解散だそうだ」

会議が終わった後、目白が伝えてきた。

「鳩ヶ谷の叔父貴についてってヤクザをやめるやつもいりゃあ、残留して別の組に入り直すやつらもいるだろうな」

あるいは、任侠《こ》大鶺鴒《ちら》会への合流を希望する者も出てくるかもしれない。そうなると、また鳶田を刺激することになる。

それにしても、長年に亘《わた》って組織に尽くしてきた鳩ヶ谷を、こんなふうに追いやるとは。

「……三代目は何を考えてんだろうな。鳩ヶ谷の叔父貴とは兄弟分だってのに」

煙草の煙を吐きながら佐渡島がため息をつくと、

「メンツだよ。きまってんだろ。自分に意見しやがるとこうなるぞ、っつう見せしめだよ」

目白は言う。

「お前だってこの間、向こうの若頭代行にカマシ入れてきたんだろう。それと同じさ」

にっと笑いかけられ、ばつが悪くなる。

あの会談が行われた日の夜。本家と改めて決裂してきたと目白に告げたら、やれやれという顔をされた。だが思っていたほど怒られなかった。目白にしても、大事なシノギを献上してまで今の本家に戻る義理も、メリットもないのだった。

目白の盃上のオヤジである二代目も、佐渡島にとってのそれにあたる初代会長も、もういない。どちらも死んだ。色々と世話になった鳩ヶ谷の叔父貴が引退した今、本家への未練はほとんどないといっていい。

ただ、気にかかるのは雉間だった。

先日会った際の、あいつの思いつめたような表情が頭の中に残っていた。あのとき雉間ははっきりと口に出して「カシラについていきたい」と言った。自分のそばにいたい、と。

気持ちは嬉しかったが、それに対する即答は避けた。本家との会談を持ちかけられたばかりというタイミングで「じゃあ、うちにこいよ」とも言えなかった。

それに雉間の組は、もともと鳶田側の組だ。移籍するとしたらひと悶着《もんちゃく》あるだろうし、任俠大鵜鶘《う ち》会の者たちもすんなりと受け入れるかどうか――。

そんな思いがはたらいて、あいつに曖昧な態度をとってしまった。名刺だけ渡し、具体的なことは何も言わず。あのとき、雉間は少し傷ついた顔をしていなかったか。自分はもっと何か言葉をかけるべきではなかったろうか。

本家との和解話が立ち消えて、鳩ヶ谷も引退したのだから、いっそこちらの方から雉間に連絡して、引っ張ってくるのもありかもしれない。

目白の意見を聞いてみたら、「いいんじゃねえか」とうなずかれる。

「今のご時世、ドンパチしてやりあうわけにはいかねえからな。向こうの陣営を切り崩して、弱体化させていくのが一番効果的だぜ」

ただしへたを打つなよ、と念押ししてくる。

「向こうだってバカじゃねえ。こっちがどう動くかを見ているはずだ」

その言葉に、もうひとつ気がかりだったことを言いかけそうになるものの、すんでで思いとどまる。佐渡島のそんな表情のゆれに気づいた目白が、けげんそうに目をすがめる。

「どうかしたか?」

「いや、なんでもない」

昨年の、曙一家の親睦会に自分が招かれていたことを、鳶田は知っていた。その情報をいったいどこから摑んだのか。

それがずっと気になっている。

あの日の自分の予定を知っていたのは定例会に出席している各組の組長と、ごく身近の者だけだ。その中に鳶田とつながって、こちらの動きを知らせている人間がいるということなのか。

自分がどこへいき、誰と会い、何をしているのかを鳶田に逐一報告している犬が。

その疑念を目白には言わなかった。確たる証拠はなかったし、ひょっとしたら曙一家の鷲住が鳶田と通じているのかもしれない。鷲住と会談をした後でちらと頭をよぎった疑念が、再び浮かんでくる。

あの男、いざとなったらこちらの味方につくなんて言ってたが、案外同じことをあちらにも言ってたりしてな。

……と、そこまで考えて苦笑いをする。

ずいぶんと疑《うたぐ》り深《ぶか》くなってしまった。これでは鳶田を笑えない。向こうからすれば自分の方こそ大鶴鶏会の名に泥を塗り、ヤクザとして育ててもらった恩を仇で返した親不孝者なのだ。こんな自分に鳶田を非難する資格はない。かといって、もはや関係修復は不可能だ。

二つの大鵜鶘会がこれからどうなっていくのか。どこへ向かおうとしているのか。それはこの事態を引き起こした佐渡島自身にも分からなかった。

それからほどなくして、さらにひどい知らせがもたらされる事態となった。

雉間が何者かに襲撃され、重傷を負わされた。百舌の調べによると、全治数ヶ月に加えて片目を失明したとのことだ。

「深夜の路上で数名の男たちに襲われたそうです。背後から頭に袋をかぶせられたので、犯人たちの顔は見ていないと警察には説明したようです」

「そりゃあ、やったやつらをかばってるな」

「つまり、本家の連中のしわざでしょうね」

「ああ」

電話でその報告を聞きながら、嘆息する。自宅の寝室だった。妻に聞こえないように声をひそめて会話していた。

雉間とは移籍話を進めている途中だった。組員ともども任俠大鵜鶘会で引き受ける手筈《てはず》を整え、定例会で近々それを発表しようとしていた矢先だった。

「雉間組がうちに移籍したら、こちらの総人数は現在の本家とほぼ同数か、やや上まわる勘定になります」

百舌が冷静な声で言う。

「鳩ヶ谷組が解散して、組員たちが分散しちまったからな。ただでさえ向こうの数は減ってるだろうし」

「ええ。このタイミングで雉間組がうちに移籍したら、我も我も、という者たちも出てくるでしょうね。現場の連中からすれば、食わせてくれるところに身を寄せたいのは当然です。ですが上層部からすれば……」

そこで百舌は言葉を切る。代わって佐渡島が続ける。

「なんとしてもこの移籍を許すわけにはいかねえよな」

それで雉間を襲わせた。おそらくは見せしめの意味も込めてだろう。離脱者は許さない、と内部の者たちに釘《くぎ》を刺すために。

電話を切ってもしばらくの間、寝室のベッドに腰をかけたまま沈思した。

自分のせいだった。雉間組の移籍が両陣営にとってどれほどの意味を持つのかを、もっとよく考えておくべきだった。雉間にも身辺に気をつけるようにと、うるさいくらいに言っておけばよかった。

自分が甘かった。組織のトップに立つ者が、まさか直参の組長を襲わせるなんて真似は、さすがにするまいと思っていた。雉間は鳶田から盃を受けた直々の子分だ。いわば〈息子〉のようなもの。親が子にこんな仕打ちをするなんて、まるで——。

「連雀のときと同じじゃねえか」

誰もいない空間で、ぼそりとつぶやく。

三年前、鳶田は連雀を絶縁し、組織から切り捨てた。その後、ひそかに調査をさせて、あることが分かった。連雀組が〝薬局〟であることを、当時若頭だった鳶田は黙認していたのだった。

それどころか、太いシノギの口があるからと、そもそも連雀にシャブを扱うようそそのかしてすらいたようだ。

「変わってねえなあ、叔父貴の野郎」

ベッドにごろりと寝転がり、くくく……と、なぜか笑えてきてしまう。自分の甘さを思い知らされ、鳶田の冷酷さがみごとだった。

鳶田はやる気だ。逆らう者はたとえ兄弟分でも身内でも、けっして容赦はしない。ある意味、肚をくくっている。こちらも肚をくくって臨まなければ、勝てない。

トントントン、と控えめに部屋のドアがノックされる。

「あの……大丈夫ですか？　ひょっとして具合でも悪いんですか？」

妻の遠慮がちな問いかけに「なんでもない」と返事をする。

その翌日の定例会で、今後、全組員に防弾チョッキを着用させるようにと指示を出す。持ってない組には本部の方から支給をする、と。

これからいつ鉄砲玉が送り込まれてくるかもしれない。雑間の件で、本家に残っている者たちにも相当なプレッシャーがかけられているだろうことは、容易に想像ついた。会長への忠義を示すために、裏切り者どもを攻撃してこい、という圧が。

警察や周辺団体、ヤクザ雑誌の記者なども大鵜鶴会の動向を注視しているはずだ。それだけに、今へたに動くわけにもいかない。

本部長である目白からこれらを説明され、会議に集う男たちはざわりと色めき立つ。緊張と興奮の空気が混ざりあう中で、佐渡島は一喝する。

「浮かれてんじゃねえ、てめえら!」

会議室内が、しんと静まりかえる。

「いいか、近いうちにきっと向こうの方から何か仕掛けてくる。それまでは絶対に動くな。これは命令だ」

出席者ひとりひとりの顔を順番に見つめ、じっくりとした口調で語りかける。

「うちから先に動いたら、向こうに抗争の大義名分を与えちまう。そうなったら全面戦争になりかねねえ。最悪の場合、共倒れだ」

そして曙一家を喜ばせるだけだな……と、胸のうちでひとりごつ。

今は各自、あらゆる行動に万全の注意を払うようにと訓告し、会議をまとめる。


それから数日が経過する。

雉間は依然、面会謝絶の状態が続いていた。尤も、たとえ面会ＯＫであっても入院先は本家御用達《ごようたし》の病院なので、見舞いにいくこともできない。なので、匿名で見舞金を送っておくにとどめた。組に届けると本人の手に渡らないかもしれないので、実家に宛てて。

たしか雉間は母親と二人暮らしのはずだった。以前、一緒に酒を呑んだときにそんな話を聞いたことがある。父親と離婚後、母親は仕事をかけもちしながら女手ひとつで自分を育ててくれたのだ、と。

『これまでお袋をずいぶん泣かせてきましたが、なんとか組長にもなったことだし、これからうんと孝行していきます』

酒の酔いか、それとも自身の組を持った感慨なのか、意気地の強そうな目に涙を浮かべてそんなことを言っていた。

雉間の母親の心中を思うと胸が痛む。もしも自分の息子が同じような目に遭わされたら、俺だったら相手を殺すだろう。

今朝の坊主とのやり取りを、ふっと思い返す。一丁前に腹巻きを恥ずかしがって、背伸びしてハイタッチをしてきた。二日間も親と離れるなんて初めてだ。あいつはすぐに腹いたを起こすから胃腸薬も持たせてやればよかった。風呂に入ったら、ちゃんとひとりで頭を洗えるだろうか……。

そこへ事務所の自室のドアがノックされ、部屋住みが茶を運んでくる。

「失礼します。今日の分の週刊誌をお持ちしました」

「おう、ご苦労」

ジャージ姿の部屋住みの胸をこぶしで軽く叩き、「防弾チョッキ、ちゃんと着てるか?」と確認する。

「は、はい!」

若い部屋住みは律儀にジャージのジッパーを引き下げる。すると防刃兼用のベストタイプの防弾チョッキがのぞいて見える。佐渡島が今、ワイシャツの上に着用しているのと同じものだ。

「ダセえけど、しばらくは我慢しろよ」

「押忍!」

部屋住みを下がらせてから、ソファのテーブルに雑誌を広げて腰を下ろす。

近頃は専門誌だけでなく、一般誌にまで大鵬鵜会の内紛記事がぽつぽつ載るようになってきた。ヤクザ同士の争いは週刊誌にとっては恰好のネタだ。いい年をした男たちが、メンツだのなんだのでやりあっているザマは、世間《カタギ》さまからすればいい娯楽なのだろう。きちんと裏をとっているのかいないのか、憶測混じりのいい加減な記事も多いが、一応はチェックしていた。

本日発売の雑誌は四冊あった。茶を飲みつつ順番に手にとっていく。俳優や政治家のゴシップ記事にグラビア、著名人インタビュー。どれも似たり寄ったりな内容だ。

今日の朝、妻には早く帰ると言ってきた。このところ妻と、ゆっくり過ごしていなかった。

さいわい坊主もいないことだし——というのもなんだけれど——夫婦の時間を持ちたくなった。最近の自分はどうも神経がささくれ立ってる。今晩は妻のそばでのんびりとくつろぎたい。心を休めたい。

そんなことを考えながら雑誌に目を通していくと、ある雑誌のあるページで、指がぴたりと止まる。

〈元・汚職総理の不肖の息子、ただいま子ども食堂で更生中⁉〉

でかでかとした見出しの記事に、目が釘づけになった。こんな内容の記事だった。

〈政治家を引退した今もなお、黒い疑惑がささやかれている元総理大臣・創路太郎。その息子で、父親の政治資金を不正に流用したかどで逮捕、服役、出所したT氏。彼は現在、母方の姓を名乗って都内の某NPOで働いている〉。

さらにこう続いている。

〈そのNPO団体は児童の貧困対策に意欲的に取り組み、幼稚園と協力して今流行りの子ども食堂も行っている。T氏も一職員として参加し、女性スタッフや園児の母親たちからは〝エプロン王子〟と呼ばれ、なかなかの人気者のよう……〉と。

見出しからして半笑い的な扱いの、読み捨て記事だ。しかし食い入るように読んでしまう。

このT氏を自分は知っている。直接的には知らないが、妻を通して知っている。知りすぎていると言ってもいい。

もしも出会うことがあれば、十中八九、ぶちのめすであろう男。

こいつが逮捕されたときはテレビのニュースにもなったようだったが、意識して見ないようにしていた。妻の最初の男がどういうツラをしてるかなんて、知りたくなかった。優と似ているのかどうか、たしかめるようなみっともない真似もしたくなかった。

そんな男がいたことなど、もはやほとんど忘れていた。自分たち家族にとって、とうに過去の存在となっていた。

それがこうして不意打ちのように、今、目の前に現れた。

記事にはT氏こと、創路鷹雄の写真まで掲載されていた。モノクロで二枚あった。一枚目はエプロンをつけた創路が食堂内を巡回して、子どもらに声をかける姿を撮ったものだ。〝エプロン王子〟という愛称もなんとなくうなずける、いかにも女子どもに好かれそうな柔和な風貌だ。

ひづるはやはり、こういうのが好みなのだろうかと思う。こういう毛並みのよさそうな、自分とは全然ちがうタイプの男が。

二枚目の写真へと視線を移し、途端、飲みかけの茶が気管に入る。

「っ……ご……ごほっ」

創路の横に女が写っていた。黒髪でほっそりとした女だった。目の周りにぼかしが入っていて顔は分からない。しかし胸もとに当てられている左手の、薬指にはめられた指輪ははっきり見えた。見覚えのある指輪だった。なにしろそれを買ったのは、他ならぬ自分なのだから。

つい先日、宝石屋でさんざん悩んだ末に選んだシロモノだった。白黒の画像の粗い写真でもブラックダイヤの輝きは鮮明だ。

その写真の下には、こんな文言がついている。

〝子ども食堂を利用するママさんたちにも、T氏はモテモテのよう〟

「モテモテって……なんだそりゃ」

頭の中で考えを整理する。

たしか息子が通う幼稚園では、子ども食堂なるものをやっているはずだった。今月はカアチャンが手伝い当番だった、と坊主が言うのを聞いた憶えがある。あれはいつだったか……そう、クリスマスの日だ。妻の父親が亡くなった日、妻にこの写真に写っている指輪を贈った日だった。

つまり、その子ども食堂で創路と再会したということなのか。そして、そのことを亭主である自分に黙っていた。隠していた。

そういえば、食卓でその話題が出たときの妻の様子は不自然だった。急に口ごもり、視線を泳がせていた。妙だなとは思ったが特に追及しなかった。あれはそういうわけだったのか。合点《がてん》がいった。それにしても――。

「ずいぶんと舐められたもんだな」

自嘲めいたひとり言が口から洩れる。冷めかけの茶をずずっとすすると、舌の上に渋みが広がる。

この写真はいつ、どこで、どんな状況で撮られたものなのか。最近であるのは間違いない。この指輪をつけているのだから。そこで唐突に、こんな疑念が頭に浮かぶ。

もしや今、こうしている間にも、妻は創路と会っているのかもしれない……と。

そんなことこれまで考えもしなかった。妻の不貞を疑ったことなど、この三年で一度もなかった。

だがこうして証拠の写真を目にすると、疑念がどんどんふくらんでくる。心が煎られるようにじりじりしてきて、じっとしていられなくなる。

茶を飲み終えると、別室に控えている秘書に内線電話をかけ、午後の予定を差し替えにする。

「外出する。車をまわせ」

どちらへ行かれますか？　と尋ねられ、「自宅だ」と答える。

四

ずいぶん早く帰ってきたと思ったら、夫はすごい形相をしていた。すごいとしか言いようのない、恐ろしい表情だ。

こんな夫を、ひづるは前にも見たことがあった気がした。あれはたしか初めて会ったときだった。

うっすらと青みがかった瞳が冷たく光り、瞬《まばた》きもせず、じっとこちらを見据えてきた。目だけで人を怯えさせ、屈服させるような。ヤクザ、いや、この男独特の禍々しさを放っていた。

あのときと似たまなざしを今、夫は自分に向けている。そして無言で手にしている雑誌を突き出してきた。示されたページに目をやって、どくんと心臓が鳴る。

先日、優と一緒に参加した新年最初の子ども食堂。そのときのかるた大会の写真が掲載されている。いったい誰が撮ったのか。そしてどうして記事になんてなっているのか。

「お前だよな？」

静かな声で夫は問う。職業的なすごみを効かせて。

「ここに写ってるのは、お前だよな？」

妻の左手首を掴み、ぐっと引き寄せる。薬指の指輪の石が、照明を受けて輝く。

「顔とちがって指輪にはモザイクがかからねえからな。とんだドジ踏んだな」

「なっ……ちがいます」

悪意のこもった口ぶりに、とっさに反駁《はんばく》しかけるが、

「何がちがうんだ」

低く冷たい声音に、背すじがぞっとおぞけだつ。自分より頭ひとつ高い夫と目があう。その視線も冷たかった。

「言えよ。聞くだけ聞いてやるよ」

「あの……幼稚園で当番制で子ども食堂のお手伝いをしていて、彼と……創路と偶然、会ったんです。彼がその団体で働いてるって、そのときまで私、ちっとも知らなくて……本当に偶然なんです。黙っていて……すみませんでした」

言い訳口調にならないよう、夫を刺激しないよう、考え考え、そう話す。

「なんでそれを黙っていた？　なんで俺に隠してたんだ」

「それは、その……」

あなたを煩わせたくなかったから、と言おうとするより先にこう言われる。

「昔の男と再会して、焼けぼっくいに火でもついたからか？」

「ちがいます！」

きっとなって反論すると、

「何がちがうってんだ！　こんな写真まで撮られといてよ！」

空気をびりっと引き裂くような怒声をぶつけられる。夫がこんなに大きな声を上げるのは初めてだ。

「忘れたのか？　こいつはてめえを孕ませて捨てた男だろうが！」

骨が軋《きし》みそうになるほど、手首を握る手に力を込められる。

「いた……ぃ」

「まだこいつに未練があるのか？　俺の目を盗んで会ってんのか？」

「ちが……誤解です」

痛みをこらえてそう言うも、夫は力をゆるめてくれない。

「お前もたいした女だな。ヤクザの亭主に隠れて、ぬけぬけと昔の男といちゃつきやがって。あきれて言葉も出ねえよ」

「あなただって……」

声を震わせてひづるは言う。自分の説明をまるで信じようとしてくれない夫を、涙目で見上げる。

「あなただって私に何も……言ってくれないじゃないですか」

「ああ？」

「仕事のことや、外で何をしているのか……そういうの、ぜんぜん私に教えてくれないじゃないですか」

口にした途端、思いが堰《せき》を切ってあふれてくる。これまでずっと自分のなかに押さえ込んできた気持ちを、不安を、不満を夫にぶつける。

「あなたの方こそ……私にたくさんの隠しごとをしてるじゃないですか。なのに私ばっかり責めるなんて、ずるいです！　卑怯《ひきょう》です！」

一瞬、摑んでいる手の力が弱まる。しかしすぐ、いっそう力を入れられる。

「なんだと」

目に鮮やかな青筋が立っている。夫の凶暴な部分のスイッチを押してしまったと、ひづるは、はっと気がつく。

「亭主の仕事に女房が……口を出すんじゃねえ」

もう片方の腕も摑まれて、ダイニングの壁に向かってばん、と投げつけられる。すかさず背後から押さえ込まれ、荒々しい手がスカートの中に入ってくる。ストッキングごと下着がずり下ろされて、びびっとやぶける音がした。

「いやっ！」

とっさに叫ぶ。夫のしようとしていることを瞬時に悟り、精いっぱい拒否の声を上げる。

「いやです。やめてくださいっ」

「やめてときたか」

薄い笑いの気配を首のすぐ後ろで感じる。肉厚の胸板が背中に当たり、壁に押しつけられたまま身動きするのもままならない。なんとかもがこうとすると、右脚に手をかけられて、持ち上げられる。ガチャガチャとベルトを外す音がして、

「いや、やめ……」

言いかけている途中で、斜め後ろから昂ぶりを打ち込まれる。

「――う――」

あまりの衝撃に目がくらんだ。突然の挿入に全身がこわばる。めりめり……と下腹部が裂ける音が聞こえてきそうだった。

「い……つぅ」

片脚立ちの状態で、強引に受け入れさせられようとしている。それでも懸命に身体は拒む。潤っていない内壁は縮こまり、異物をこれ以上は進入させまいとする。けれど夫は斟《しん》酌《しゃく》しないで自らを埋めてくる。

ず……っ、ずず……っと乾いた摩擦音を立てて、しゃにむに潜り込もうとしてくる。痛い。熱い。お腹のなかが蹂躙《じゅうりん》される。

「や……こんなの……いや」

貫かれながら訴えると、黙れとでも言うように、ぐっとひと突きされる。

「く――ぅ」

内壁に熱棒がめり込む。熱い痛みに灼かれそうだ。夫は右手を壁についてバランスをとりつつ、左手を後ろからまわしてくる。ひづるの首を手のひらで押さえる。片手でもなんなく絞められるほど大きな手で。

「腹んなか、あいつの形になってねえだろうな」

その言葉に、ひづるの目に涙がにじんでくる。さっきから夫は自分の言うことを少しも信じてくれない。誤解だと言っているのに、耳を貸してくれない。

やっぱりこの人は私の過去が許せないんだろうか。私のことを今でも蔑んで、心の底では怒っているのだろうか。

そう思うと無性に悲しくなってくる。結合部の痛み以上に胸が痛む。打たれ続けているうちに膝ががくんと折れて、その場にくずおれてしまう。

「う……」

立ち上がろうとすると、

「まだ途中だろうが」

重い身体が背に圧《の》しかかってきて、床に腹這《はらば》いにさせられる。「そういや」と何かを思い出したように夫はつぶやく。

「お前、こういうふうにされんのも、けっこう好きだったよな」

「や、好きじゃな……」

腰の両側を摑まれ、持ち上げられて、背後から再び欲望がねじ込まれる。

「うう――っ」

仕留められた獲物のような声が上がる。実際そんなものだった。

粘膜と粘膜がこすれる。硬い熱が角度をつけて秘部を抉ってくる。いつもなら心地いいはずの感覚が、ちっともよくない。痛くて苦しい。恐ろしい。こんな抱かれ方は嫌だった。こんな夫も。

「う……くぅ」

乱暴に抜き差しをされながら、動物の前足のように手の指をぎゅっと丸める。ふと見ると、腕に鳥肌が立っている。恐怖か、それとも嫌悪感か。たぶん両方だ。今の自分は全身で夫を拒絶している。肌が粟立《あわだ》ち、手脚がこわばる。どこよりも、つながっている自分自身が反撥《はんぱつ》している。

ずず……と下腹部から聞こえてくる音は乾いたままで、ちっとも潤っていない。硬い熱で穿《うが》たれるたびに、くっと息を詰めて、肉が切り裂かれそうな衝撃に耐える。まるで熱い刃物で刺されているみたいだ。

この感覚は初めてではなかった。ずっと前にも同じような仕打ちをされたことがあった。あんなに暴力的に抱かれるなんて、もう二度とないと思っていた。夫はもう、けっして自分にひどいことはしないはずだと信じていた。

そんなことなかった。

この人は、相手が妻だろうが誰だろうが、その気になったらいくらでも暴力をふるえる。そういう人間なのだった。

「おとなしくなったな」

ひづるの背の上で佐渡島が、はあ、と息をつく。動作を中断し、上衣を脱ぎ落とす気配がする。

(逃げ……なきゃ)

身をねじって起き上がり、離れようとすると、結わえてある髪の房をがっと掴まれる。手首に髪を巻きつけられ、

「逃げる気か?」

「いやっ」

思わず押しのけようとして、左手が夫の顔をかすめる。がりっという音がして、どきり

とする。夫の左頬に赤い線がすっと流れている。指輪の宝石の角で切ってしまった。

「あ……」

茫然《ぼうぜん》とするひづるに、夫はにっと笑みを向けてくる。冷たくさえた微笑だった。

「やりやがったな」

問答無用で押さえつけ、床に組み敷くと、体重をかけて自らを沈めてくる。

「ああ——っ」

引き攣れた叫びが口から出る。これはセックスじゃなくて強姦《ごうかん》だ。自分を痛めつけるため、罰するために夫は交わろうとしてくる。

内ももに手をかけられて、関節が外れそうなほど大きく脚を開かされる。皮膚に指が食い込み、腰と腰が、がつんとぶつかる。

「は……っ」

瞬間、閉じた目の裏が真っ赤に染まった。夫の熱が根もとまで、無理やりに自分のなかに入りきった。下腹部はやぶけてしまいそうなくらいきついのに、充足感は少しもない。

陶酔も恍惚も、喜びも。目から涙があふれてくる。

快楽の極みの果てにこぼれる涙ではなくて、みじめな苦い涙だった。

顔のすぐ上に夫の険しい表情がある。額に汗の粒を浮かべ、鼠径部の骨をごつんごつんと当ててくる。まるでかつての、性欲処理の道具に戻されたみたいで、ますますみじめになってくる。

「も……やめて……くださ……」

湿った声で懇願する。もうこれ以上、いたぶられたくないという防衛本能がはたらいた。夫の眉がぴくっとゆらぎ、攻める動作が中断される。ひづるは右腕をゆらりと伸ばして、その頬に生じた傷にふれる。そこはすっぱりと切れ、血の玉がにじんでいた。赤い汗のようにも見えた。

「ごめんなさい」

何に対してそう言ってるのか、自分でもよく分からなかった。夫を引っかいてしまったことか、鷹雄との件を知らせず黙っていたことか。どちらにしろ夫を傷つけた。それだけは分かった。

頬に添えられたひづるの手を握ると、は、と夫は笑う。

「変わんねえな、そういうところは。お嬢さま気質が抜けてねえな」

蔑むようなまなざしを向けて、

「泣いて謝れば許してもらえると思ってんだろう」

「――っ」

絶句する妻を見下ろし、こう続ける。

「ごめんなさい、じゃ済まねえことが世の中にはあるんだよ。てめえのしでかしたツケは、てめえで払うしかねえんだよ」

それは、ひづるにぶつけているのと同時に、どこか自らに向けて語っているような響きがあった。

「まだそれが分かんねえのか、バカ女が」

ブラウスの合わせ目を力任せに引っ張られ、ボタンが、ぶちぶちっと弾け飛ぶ。授乳用ブラジャーをたくし上げられて、あらわになった乳房を鷲摑みにされる。左手はひづるの脚を押さえつけたまま、右手で左の胸をぎゅうっと握る。

「い……つぅ」

ふくらみに容赦なく爪が立てられる。指に力を入れられて、揉みしだかれる。このまま心臓が握り潰されてしまいそうだ。

痛みにつられてお腹のなかが、きゅっとうごめく。自分の意思とは関係ない反応だった。しかし夫は冷たく言い放つ。

「何やってもよがんじゃねえよ」

「ちが……」

首を横に振るけれど、さらにきつい言葉を投げつけられる。

「昔の男に教え込まれたのかよ」

ちぎれそうなほど強く胸を摑みながら、男の腰使いが烈しくなってゆく。女の片脚を肩にかけさせ、ぐっと前屈《まえかが》みになって嵌入《かんにゅう》を深める。ぎちっぎちっ……と殺伐とした摩擦音が、空気を震わせる。

(おなか……やぶけ……る)

胸も下腹部も心臓も、どこもかしこも痛かった。むき出しの肩甲骨が板張りの床に当たって痛い。背骨も後頭部も。夫が自らを打ちつけるつど、がつんがつんと鈍い音が、そこかしこでする。このまま殺されてしまいそうな心地になる。

「は、あぁ……はあ」

息と息が混ざりあいそうなくらいに顔が近づく。夫の目に怒りの色が浮かんでいる。その頰の傷口から血が一滴、ひづるの唇にぽたりと落ちる。鉄に似た味が口のなかに流れ込み、不意に夫自身が、ぶるっとわななく。

(あ、くる……)

芯熱がはち切れそうにふくらんで、次の瞬間、欲望が勢いよく放出される。潤いのない内壁に、ちりりっ……としみるような感覚が広がってゆく。

「うう」

観念するような呻き声が口の隙間からこぼれる。ふとそのとき、夫が見慣れないベストを着ていることに気がついた。


抜かずに続けてなぶられた。

つながっている状態で抱き上げられ、ダイニングテーブルの上に仰向けにさせられる。

「や……もう」

「やじゃねえよ」

出してしまっても夫の熱は鎮まるどころか、ますます猛りくるっていた。

テーブルの堅い天板は床よりも冷たい。汗で背中がぬるぬるして気持ちが悪い。と、妻の腕に夫は視線を落とし、歪んだ微笑を口の端に浮かべる。

「そんなに俺が嫌いかよ」

見ると、また鳥肌が立っていた。

「上等だよ」

夫はそう言うと、ずず――っと再び突き上げてくる。

「うくっ」

へその裏側を先端で抉られて、身体がびくつく。

精液を吸収したての内壁が、勝手にひくひくしてしまう。こんなのは嫌なのに、つらいのに、女の機能は心に反して応じようとする。そうすることで少しでも痛苦をやわらげようとするかのように。

新しい涙が両の目からあふれてくる。ひづるは泣きながらも夫を見上げ、目を逸らすまいとする。それしかできなかった。それがせめてもの抵抗だった。

するると反転させられて、テーブルに突っ伏す恰好をとらされる。腰を突き出させられ、天板に乳房を強く押しつけられる。

ぱんぱんと弾んだ音を立てて尻に腰をぶつけられる。家族で食事をする場所で、こんなことをしているなんて。

今朝だって、このテーブルでみんなで朝ごはんを食べた。夫は息子に笑いかけて、妻は娘のふっくらとした頬を撫でた。やさしい空気に充ちていた。なのに今、同じ場所で自分たちは獣じみた行為を繰り広げている。なぶり、なぶられ、互いに傷つけあっている。

接合部から聞こえてくる音が、いつの間にか変わってきていた。

乾いてこすれていた響きだったのが、少しずつ、じょじょにぬめりけを増しつつある。感触もなめらかになってきて、浅ましくも快さまで芽生えかけようとしていた。

（だめ……そんなの、だめ……あ……）

こんな無理やりな性交で感じるなんて嫌だった。

「音が変わってきたじゃねえか」

すかさず夫から指摘される。「スケベ女が」と。

ひづるの尻を両手でがしりと固定して、なかに収まっている硬直をひときわ奥へと進めてくる。

「はあっ！」

怒張しきった切っ先で、ぐりぐりと内部の皮膜を小突かれて、頭の中が真っ白になる。快感と痛みの入り混じったような感覚が下肢を刺す。お腹のなかがめくり上げられそうだった。

気持ち悪さと気持ちよさが交互に込み上がってきて、自分のなかをいっぱいにする。痛い。苦しい。怖い。

やがて何も考えられなくなってくる。感じることしかできなくなってくる。

「はっ、はっ、はあ、はああっ」

夫の呼吸に同調して、ひづるも腰をゆらしはじめる。抜き差しのタイミングにあわせて自らを収縮させる。強めたり弱めたり、締めたり撓《たわ》めたり。ほとんど無意識にそうしていた。どのように動けばいいのか身体が知っていた。

手でテーブルの端を押さえて、全身の筋肉をぴんと踏ん張らせる。そうしないとこの暴力的な衝動を受けとめきれない。ゆすられるたびに胸の先が天板にこすれて、ずきずき疼く。

（いや……こんな……いや……あ）

ぎしっぎしっぎしっ、とテーブルの軋む音の間隔が次第に短くなってくる。動作が切迫してきたからだ。夫自身はさっきよりも硬く熱く張り詰めて、ひづるを攻め立ててくる。突端を深々と突き刺しては引いて、さらに深くへと突き刺して。そうしていよいよ奥の方まで嵌り込んでくる。

「うう……っ」

反りかえった芯熱が、皮一枚を隔てて内臓をぐいぐい押してくる。このまま突き破ってしまおうとでもするかのように。

「や……め……もう、もう……ゆるし……」

ゆるして、と口にしかけたそのとき、とどめのひと突きをずくん、と打たれる。自分のどこか硬い部分に夫の先端が当たり、下腹部が大きくけいれんする。びりびりっと通電にも似た音が聞こえた気がした。

「あ……あぁあっ！」

痛いくらいの衝撃が全身を駆けめぐり、四肢を突っ張らせたまま悲しい気持ちで達してしまう。

二度目はより深いところで放たれた。息を切らしてテーブルに顔を伏せ、ひづるは身じろぎひとつしなかった。夫が自分のなかから出ていき、遠ざかっていくのをただ、じっとして待った。

夫は着衣の乱れを直すと「事務所に戻る」と言い捨てて、その場を離れる。ひづるは何も答えなかった。夫の顔も見なかった。

玄関のドアが閉まり自動的に施錠される音がするまで、テーブルに突っ伏したまま、動かなかった。夫がたしかに出ていってから、ようやくへなへなと床に座り込む。無残に引きちぎられた衣服で裸の肌を覆うと、リビングルームから、ふぇーんふぇーんと泣き声が聞こえてくる。

「夏恵！」

がばっと立ち上がり、娘のもとへ駆けつける。ハイローチェアで昼寝していた赤ん坊は、顔を真っ赤にして泣きじゃくっていた。

抱き上げて口に乳房をあてがうと、懸命に吸いついてくる。小さな手で母親のふくらみを押さえて、んっくんっくと乳を飲む。さぞお腹が空いていたのだろう。それに、近くに誰もいなくて心細かったことだろう。

「ごめんね、ひとりぼっちにさせちゃってごめんね」

語りかけて、自分まで泣きそうになってきた。こんな小さな子を放っておいて、自分たちは何をしているのか。夫も私も最低だ。

「あ」

脚の狭間から、とろりとしたものがつたい落ちてくる。夫の精液だ。

娘を抱きかかえたまま腕を伸ばしてティッシュを箱から数枚引き抜き、汚れを拭き取る。頭の中で今日の日付けを確認する。危険日ではないけれど、安全日でもなかった。もしもさっきの性交で妊娠してしまったら……嫌だ。それだけは嫌だ。

迷いなくそう思っている自分に、ひづるはほとんど愕然《がくぜん》とする。

あれはセックスではなかった。暴力だった。こぶしを使って痛めつけられるように、性器を使って痛めつけられた。女の弱い部分を男の強い部分で蹂躙された。

赤ん坊はげっぷをすると、母親の胸に顔をつけたまま、うとうとしはじめる。その血色のいいバラ色の頬を、ひづるは放心したように眺める。

全身がずきずきする。背中も肩も脚のつけ根も、乳房にも痛みが残っている。手首にはくっきりと掴まれた指の跡がついている。

あんなに手ひどく扱われたのは久しぶりだった。我ながら、よく途中で気を失わなかったものだと思う。それほどさっきの夫は恐ろしかった。おぞましかった。初めて会ったときよりも凶暴だった。

そして、初めて犯されたあのときよりも乱暴に犯された。

夫は鷹雄とのことを怒っていた。激怒していた。鷹雄に対するわだかまりが、夫の心のうちに存在していた。それは意外でもあった。

そもそも鷹雄への関心や嫉妬など、あの人は抱いていないだろうと思っていた。自分のなかに彼への想いが残ってないのと同じように。

だけどちがった。

夫は、鷹雄と自分の間にかつて起きたことを、妻の過去を、しっかりと気にしていた。そしてひづるが何を言っても信じようとしてくれなかった。妻が不貞をはたらいてると頭から決めつけて、怒りに任せた振る舞いをした。まるで粗相をしたペットを折檻《せっかん》してしつけるみたいに。

「う……」

娘の寝顔を見つめながら、涙がはらはらとこぼれてくる。情けなかった。悔しかった。自分は今まで夫のどこを見ていたのだろう。あの男の何を分かったつもりだったのだろう。夫はヤクザではあるけれど、家族にはやさしい。だからたぶん、それほど悪いヤクザじゃない。本当はいい人なのだ。

……なんて甘ったるい考えちがいを、共に暮らしているうちに知らず知らずのうちにしていた。そんな愚かしい思い込みが一気に吹き飛ばされた。目が覚めた。ヤクザにいいも悪いもない。ヤクザはヤクザだ。息を吸うように暴力をふるうことのできる人種なのだ。普通の人間じゃない。

ふと、父の仮通夜での母の言葉が、ひづるの脳裏に蘇《よみがえ》る。

遺体の寝かされた部屋で母と二人きりでいたときのこと。あのとき、あなたが心配なのだと母は言った。ヤクザの男と一緒になって、殴られたり撲たれたりしていないか。さらに、血のつながっていない上の子も、そんな目に遭わされてはいまいか……と。

涙が静かに引いてくる。あの場では怒りしか感じなかった母の言葉が、妙な現実味を伴ってくる。

今夜は夫に帰ってきてほしくなかった。あんなことがあった後で、同じ寝室で眠れるはずがない。さりとて実家に帰るなんて、もっとできない。自分にはここ以外にいくところも、帰るところもないのだ。

今日は夏恵と一緒に優の部屋で、鍵をかけて休もう。そう決める。

「台所……片づけないと」

娘をハイローチェアに再び寝かせて、ふらりと立ち上がる。いつの間にそんなに時間が経っていたのか、窓の外は暗くなっていた。

破れた服をビニール袋に入れて口をしばり、ごみ箱へ捨てる。ブラウスもストッキングも、下着もすべて。清潔な服に着替えてキッチンへいくと、冷えた鶏だしの匂いが漂っていた。作りかけの状態で鍋の火を止めたので、匂いがどこか生ぐさい。蓋をとると、表面に白っぽい脂が浮かんで固まっている。

「これはもうダメね」

声に出して言う。脂を掬って鶏肉をフリーザーバッグに詰め、とりあえず冷凍庫に入れておく。切った野菜もラップして冷蔵庫の中に仕舞う。とても料理の続きをする気になれない。ひとまずシャワーを浴びたかった。熱いお湯を全身に浴びて、先ほどの痕跡を跡形もなく拭い去りたかった。

いったん子どもの様子を見にリビングルームへ向かうと、ピンポーン、と壁に設置してあるインターホンが鳴る。通話ボタンを押すと、液晶画面に堂道の顔が映る。今日は優の送迎はないと伝えておいたはずだったけど。

「はい」

ひづるが応答するや、

「緊急事態です」と緊迫した表情で言われる。

「先ほどオヤジの車が襲撃されました」

「――え」

「詳しくは上でお話ししますんで」

「は……はい」

ロックを解除すると画面がぱっと暗くなる。

夫の車が襲撃された。いつ？　どこで？　いや、そんなことよりも夫は無事なのか。玄関前で堂道を待ち受け、室内へ招じ入れるなり「どういうことですか？」とひづるは詰め寄る。堂道は説明する。

ほんの三十分ほど前、事務所から出た夫の車に、襲撃車が突っ込んできたのだと。

「それで……佐渡島は？」

「オヤジはご無事です。車にはタマが入りましたが」

ほう……と安堵《あんど》の息が口から洩れる。しかし念のため、組御用達の病院に夫は運ばれたのだという。

「オヤジから、姐さんとお嬢さんを安全な場所へ移すようにと指示されました。もしかしたら、ここもやつらに襲われるかもしれませんので」

「やつら、やつら？」

困惑するひづるに、堂道は早口で答える。

「本家のやつらです。あいつらとうとう動きだしました。オヤジと本部長をいちどきに襲ってきやがった。ここも危険です。姐さん、いきましょう。荷物とかは後で持っていきますから！」

堂道の剣幕に押されて、それでも赤ん坊の必要最低限のものだけをバッグに詰める。スリングを装着し、眠っている夏恵を起こさないようにして布に包み込む。

エレベーターで一階まで下りると、正面エントランスからではなく、反対側の非常口の方から外へ出る。目の前の道路に、ひづるの普段使いのセルシオが停まっていた。

乗り込む際に堂道は周囲を確認して、「どうぞ」と後部ドアを開ける。ひづるが乗ると、彼も素早く運転席へと移動して、すみやかに車を発進させる。

心臓が早鐘を打っている。あまりの事態の急転に気持ちが追いつかない。夫が出ていったのは二時間ほど前のことだった。ではその後で襲われたということか。

「あの……っ」

運転している堂道に、夫は本当に負傷していないのかどうか確認する。

「その運ばれたという病院に、連れていってもらえませんか」

「申し訳ありませんが、部外者には教えられないんです」

部外者という言い方に、思わずかっとなる。

「私はあの人の妻です。部外者じゃありません」

「失礼しました。ですが病院にはお連れできません。組の者以外には、オヤジの居場所は絶対に洩らすなときつく言われています……申し訳ありませんが」

バックミラーに堂道の険しい顔つきが映っている。

「……そうですか」

硬い声でひづるは言う。部外者。夫の属する世界では、自分はどこまでも部外者なのだ。たとえ妻であろうが家族であろうが、女は絶対立ち入り禁止。そういう世界なのだった。

スリングの中の夏恵が、眠りながら身体をもぞもぞさせる。そういえば着の身着のままで出てきてしまったけれど、自分たちは今、どこへ向かっているのだろう。

信号が赤になって停車すると、堂道はジャージのポケットから携帯電話を取り出して、どこかにかける。

「オレです。ちょうどそちらへ移動中です。ええ、誰にも見られていません。はい。はい。では失礼します」

目上の者に対するような畏まった口調で報告している。もしや、相手は夫だろうか。

通話を終えようとする堂道に、とっさに待ったをかける。

「佐渡島ですか？　今話しているのはあの人ですか？　お願い、ちょっとでいいので代わってください」

堂道は携帯を耳につけたまま、こちらを振り向く。相手が何か言っているようで「ええ、はい」と答える。それから、ややためらいがちに携帯をひづるに差し出す。

「どうぞ」

両手で受けとり、耳に押し当てる。

「もしもし、もしもし！　大丈夫ですか？　本当にどこか怪我《けが》したり、痛いところはありませんか？」

向こう側はしんとしている。電波が遠いのか、それとも病院なので声をひそめているのだろうか。

「あ、あの、さっきは私……その」

ひづるは言いかけ、言葉を切る。受話口からくっくっく……と、含み笑いが聞こえてきた。嫌な感じの笑いだった。

これは夫ではない。堂道が今、電話をかけていたのは夫ではない。そこで気がつく。

「誰？」

短く問うと、「あんたの旦那でないことはたしかだな」

ゆっくりとした口調で言われる。信号が青になり、車が動く。

「どうだい、その若《わけ》えのはなかなか使えるだろう。運転はうまいし、よく働くし見てくれもいいし。奥さんが連れて歩くのなんかには、ちょうどいいだろう」

バックミラーに目をやると、堂道は表情を消して運転している。

「奥さん、あんたまで巻き込んじまってすまないね」

声の主はひづるに語りかける。

「うちのやつらが首尾よくあんたの旦那を仕留めていたら、こんな真似はしなくても済んだんだが、ふがいねえことに殺《や》りそこなっちまったんでね。それでやむなく、奥さんにもご協力願おうってわけだよ」

聞きながら、体温が下がっていくようだった。この電話の先にいるのは、夫の命を狙った相手だ。襲撃に失敗して、標的の妻である自分に、何かに〝協力〟するよう言ってきている。

「協力って……要は脅しているわけですよね、私を」

張り詰めた声でそう返す。

「ヤクザの方は女子どもを巻き込むような真似はしないと思っていたけど、そんなこと、ないんですね」

精いっぱい気強い口調で言うと、ははは、っと笑われる。「奥さん、度胸あるな」と。

「そこにいる堂道はあんたのことを、世間知らずの素っカタギ姐さん、なんて言ってたがな。こりゃあ会うのが楽しみになってきたよ」

「え」

「堂道に代われ」

突然命令口調になり、ひづるはおずおずと携帯電話を彼に返す。堂道は受けとると、

「……分かりました。あと五分ほどで到着します。はい、では失礼します」

通話を終えて携帯をポケットに戻す。

「こういうことです」

前方を向いたまま、告げる。

「今の電話の相手は本家の三代目です。いつだったか姐さんにお話しした、猿山のボス猿

ですよ。オレの飼い主です」

それは去年の秋のことだった。動物園へ子どもたちを連れていくのに、夫の代わりにこの青年が付き添ってくれた。そこの猿山で二匹のオス猿が喧嘩をしていた。そのとき堂道は一方の猿を指し、「本家のオヤジに似ている」と言ったのだった。年をとってて、うるさいと。

その本家のオヤジなる人物が、なぜ堂道の飼い主なのか。頭が混乱してくる。

「でも……あなたは夫の……佐渡島の組の人でしょう？　部屋住みをしながら正式な組員になろうとしているんでしょう？　なのにどうして本家の方とも……」

「だから！」

堂道はじれったそうに語気を強める。

「オレは本家のまわし者なんですよ！　向こうの会長の犬なんだよ！　ほんと姐さん……気がつかないんだもんなあ」

バックミラーに映る彼は苛立《いらだ》ったような顔をしている。大きな声にびっくりした夏恵が、むずがりだす。

「……ともかく、そういうことですよ。今頃もうあっちにもばれてると思いますけどね。なんせ携帯ぶっちぎって、姐さんをさらっちまったんだから」

いつしか車は閑静な住宅街に入っていた。道路が広くなり、ゆるやかな坂道を上がっていく。ひづるは赤ん坊をあやしながら、どこへ向かっているのか問う。

「オヤジの家です」と堂道は答える。

「オヤジ？」

ああそうか、と堂道は苦笑して言い直す。

「オレの飼い主の方のオヤジです。びっくりしないでくださいね。なんせシェルターみたいな家なんだ」


車は速度を落として走り続け、高台に佇む邸宅の前で停まった。

頑丈そうな塀で厳重に守られていて、見るからにものものしい雰囲気がある。門柱に設置された防犯カメラが作動し、鈍い音を立てて門扉がひとりでに開いた。

敷地の中に車が入ると門扉は再び閉じられ、自動的に施錠される。モダンなデザインの石造りの豪邸で、外観はグレーだ。たしかにどことなく要塞めいた感じがする。

「さ」

堂道は赤ん坊のものが入ったバッグを持ち、引き立てるようにして、ひづるを家の中へと促す。

室内に足を踏み入れ、その広さに驚いた。玄関も廊下も、その先にあるダイニングスペースと一体になったリビングルームも、何もかもが広かった。そして外だけでなく内部の壁も天井も、灰色で統一されている。

広さと同時に空虚さを感じた。外観にも内観にも洗練された統一感があるけれど、それだけに、やけに寒々しい。家の中の至るところに主の強烈な統制意識が漂っているかのようだった。

その広々とした空間のソファに、スーツ姿の男が座っている。

年の頃は六十代半ばというところ。一見して高級そうなストライプ柄のダブルスーツに、襟もとにはラペルピンが光っている。髪を後ろに撫でつけた額は広く、悠然と脚を組んで窓の外に広がる夜の庭を眺めている。

男の視線の先には、整然と刈り込まれた芝生がガーデンライトに照らされて、闇の中にぼうっと浮かんでいる。横長のテーブルに、ウイスキーのボトルと氷が盛られたアイスペール、そして呑みかけのオンザロックのグラスがあった。

「オヤジ、ただいま到着しました」

ひづるの背後に立つ堂道が、ぴんと張った声音で言う。男はグラスを手にとり、ひづるの方へ顔を向ける。

「呑むかい？」

「……いいえ」

男の目はひづるから、胸もとにいる夏恵へと移る。

「そうか、赤ん坊がいるんだもんな。母ちゃんが酒呑んだらアルコール入りのおっぱいが出ちまうもんなあ」

男はくく……と含み笑いをする。電話で聞いたのと同じ音、同じ感じの笑い方だ。

「俺のことは旦那から聞いたりしているかい？　奥さん」

男から娘を隠すようにして、自分の姿勢を少しずらす。そして男を見つめたまま、ひづるはゆっくり首を横に振る。

気圧《けお》されてはいけないという意識がはたらいた。男は一見、紳士風な風貌をしているけれど、切れ長の目は酷薄だった。夫と同種の威圧感を全身から放っていた。

「そうか、聞いていないか。俺もまだまだだな。なあ、堂道」

男は薄く笑って、ひづるの傍らにいる青年に呼びかける。堂道は棒のように直立不動している。

「こいつはね、もともとうちの枝の組で使い走りをしていたやつでね。あんたの旦那が、なにやらきな臭《くせ》ぇ動きを見せはじめた時分に、念のため潜り込ませておいたのさ。おう、

「もうどれくらい経つ?」

男から尋ねられ、「一年半です」と堂道は答える。

「ああ、もうそんなになるか」

ひづるは絶句して堂道を見つめる。彼が自分たち親子のそばにつくようになったのは、去年の春頃からだった。よく気がついて、骨惜しみせずに動いてくれて、子ども好きで。優は本当に彼になついている。

その堂道が、夫の命を狙ったというこの男の配下だったとは。

改めてそう告げられて衝撃を受ける。自分たちは、ずっとだまされていたということか。

「こいつはいい働きをしてくれたよ。事務所に盗聴器を仕込んだり、あんたの旦那の予定を調べてこっちに流してくれたり、こうして奥さんを連れてきてくれたしな。なあ、大活躍だったたな、お前」

男は堂道に笑いかけるが、彼は唇を噛みしめてうつむいている。ひづると目をあわせまいとするかのように、じっと床を凝視している。それはどこか痛みをこらえるような顔だった。

男は氷を鳴らして酒を呷ると、ひづるに言う。

「まあ、座ったらどうだ。奥さん」

口調はやわらかだが、声には命令の響きがあった。ひづるは、そろそろとソファに近づき、男から離れた位置に腰を下ろす。膝の上に夏恵を座らせて両腕で包み込む。男は赤ん坊に目をやる。

「女の子だって?」

「……なんでもご存じなんですね」

微量の皮肉をまぶしたひづるの言葉に、男は、ほお、というふうに目を細める。冷酷そうなまなざしには反面、知性も感じられた。何を考えているのか分からない薄気味悪さもあった。

不意に男は左手を伸ばしてきて、夏恵の頬にふれる。ひづるはびくっと身構えるが、堂道も同じように緊張している気配を感じる。一方子どもは、初めて見る顔が珍しいのか、男に向かってにっこり笑う。あーあーと声を出す。

「無邪気なもんだ」

男は赤ん坊の顔を撫でて「だあ」と笑い返す。その左手の小指には先がなかった。

「子どもはこの頃が一番いいな」

自分にも昔、娘がいたのだと男は言う。

「俺が懲役にいってる間に、女房は子どもを連れてどっかに消えちまってね。娘はまだ小さかったから、きっと父親の顔も憶えちゃいねえだろうなあ」

そう語りながらグラスの酒を飲み干す。すかさず堂道がテーブルにまわり込んで、床に膝をついて二杯目をつくる。しつけのいい犬みたいだ。

「ヤクザが家庭なんか持つもんじゃねえな、奥さん」

男はひづるに視線を当てて、笑みを浮かべる。

「女房だの子どもだのは、俺らにとっちゃあ、しがらみだよ。そのくせ亭主が懲役にいったら平気でドロンしちまうし。まったく女はおっかねえな、奥さん」

「なぜ佐渡島を襲わせたんですか？」

話題の流れを断ち切って、ひづるは問う。この男の家庭論など聞きたくはなかったし、しきりに「奥さん」と呼びかけられるのも不快だった。男はいよいよ楽しげに笑みを深めて、

「あんた、なかなか気が強《つえ》えな」

新しい酒に口をつける。

「あんたの亭主は裏切り者だ。ただのチンピラから一人前のヤクザに育ててもらった恩も忘れて、組織を割って出た犬にも劣る畜生野郎だ。そりゃあ殺すってもんだろう」

「……っ」

殺す、という言葉に、胃のあたりがずしんと冷える。

「しかしまあ、電話でも話したように情けねえことに失敗しちまってね。それで急遽《きゅうきょ》プランBの方に取りかかろうってえ寸法さ」

「プラン……B?」

そこへ「オヤジ、家の周囲には異常ありません」と屈強そうな男が二人、リビングに現れる。ひづるを見て、男たちの目にありありと好奇の色が浮かぶ。

「おう、ご苦労」

男はひづるに向かって「携帯よこせ」と言う。はっきりと命令口調になっている。

「ここにあります」

ひづるに代わって堂道が、バッグからひづるの携帯電話を取り出して男に渡す。男は慣れた手つきで操作する。どこかへかけたらしく、すぐにつながった。

携帯をしっかり耳に押し当てて、

「『どうした?』じゃねえよ」

男はさも、おかしいというふうに笑う。

「恋女房じゃなくてすまなかったな。だが安心しろ。女房も赤んぼも無事だぜ。いまんと、ころはな」

男はひづるに意味深な視線を当てながら、最後の部分にゆっくりとアクセントをつけて強調する。嫌な予感が全身を走る。

「おいおい、よもや俺の声を忘れたわけじゃねえだろう。佐渡島」

男は送話口にそう呼びかける。電話の相手は夫だった。そしてビデオ通話に切り替えて、カメラをこちらに向けてきた。

第四章　いま極道の妻として

一

本家はいきなり沈黙を破って襲撃をかけてきた。それ自体は予測していたことではあったが、あいにくと間が悪かった。

よりにもよって女房とひと悶着あったその後に、襲ってくることもないだろうに。

事務所に戻ってから佐渡島は午後の予定を組み直し、抜き打ちでシノギの現場を見てまわることにした。今から出発すると帰りは深夜になるだろうが、かまわない。なんなら泊りがけにしてもいい。今日はとてもうちへ帰る気分になれなかった。妻への怒りと自己嫌悪で、胃の中がむかむかした。

最近は出かける際には警護の車をつけている。前に一台、自分の車の後ろにも一台列ねて、計三台で視察に出かけた。

護衛兼運転手が、バックミラー越しに気づかわしげな目を向けてくる。「どうした？」と問うと、「いえ」と視線を逸らされる。そこで、ミラーに映る自分の頬に傷があるのに気がつく。

ひづるの野郎……と肚の中で毒づく。

顔を引っかかれたことよりも、肌に鳥肌を立てられた方がよほどショックだった。妻に対してあんな振る舞いをしてのけた自分にも、恥の意識を覚える。

いったいなんであんなことをしてしまったのか。自分の身体に染みついた暴力性は抜けていない。改めてそれを思い知った。

この三年で自分は変わったと思った。妻と一緒になって、家庭をつくって少しずつ、まともな人間になってきつつあると思っていた。いずれは妻の実家にもちゃんと挨拶をしにいけるような、そのときに妻に恥をかかせないような、そんな男になってきている気がしていた。

そんなのは間抜けな思い込みだった。

自分は何ひとつ変わっていない。どんなにうわべを取り繕っても、一皮むいたらクソヤクザだ。怒りがある一点を超えると抑えがきかなくなるのは昔のままだ。ひづるが嫌がるのも当たり前だ。

先ほど自分に向けられた妻のまなざしを思い返す。テーブルの上で犯すように抱きながら、涙に濡れた瞳でじっと見つめられた。おぞましいものを見るような目つきだった。それを思い出すと、たまらなくやりきれない気分になる。

やがて車は街路を抜けて、高速につながる幹線道路へ入る。運転手のハンドルさばきに一、二秒、迷いが生じたと感じた次の瞬間、前方の警護車に車が突っ込んでくる。金属と金属が激突する音。ギギギーッと急ブレーキをかけて車が停まる。

「襲撃です！」

運転手が緊迫した声で告げる。車をバックさせようとすると、ぶつかってきた車の運転席から、ヘルメットをかぶった男が出てきた。手に銃を持っている。距離はおよそ三メートル。男はこちらの車体に向けて発砲する。

「くっそ！」

運転手がアクセルを入れようとするが、焦ってうまくかからない。

「落ち着け。この車は防弾だ」

そう声をかける。しかしフロントガラスはそうではなかった。そこに撃ち込まれたらアウトだ。そして自分たちは道具《拳銃》を携帯していない。

ヘルメットの男は近づきながら一発、もう一発と音を鳴らす。そこへ後ろの警護車から護衛の部下が飛び出して、そいつに突進する。再び発砲。

護衛が撃たれ、倒れるのと同時にアクセルが入った。佐渡島の乗るミニバンは急発進してそこを離れる。バックミラーで背後を確認すると、ヘルメットの男が歩道を走って逃げていくのが目に入った。

「おい、停めろ。今すぐ戻れ」

運転手に命令するが、硬い口調で拒否される。

「いけません。他の襲撃車が続いて追ってくるかもしれません。オヤジを死なせるわけにはいきません」

やむなく車をそのまま走らせながら、警護車に残っているいまひとりの護衛に電話をかける。撃たれた部下の様子を問うと、

「大丈夫です。生きてます」

タマは着ていた防弾チョッキに当たったので、無事だという。ぶつけられた車に乗っていた護衛も、怪我はしているが受け答えもでき、重傷ではないとのこと。救急車を手配するよう指示を出す。

電話を切るなり、着信音が鳴る。目白からだ。

「おう、生きてるか。本家がとうとうかましてきたぜ」

目白の車もたった今、襲撃されたと伝えてくる。

「ウージーでぶっ放してきやがった。護衛が脚を撃たれて、俺のレクサスもぼこぼこだ」

そっちの鉄砲玉も逃走したという。ついに本家が動きだした。任俠大鵟鶉会の代表である自分と、本部長の目白が同時に襲われた。死人が出なかったのはさいわいだったが、襲撃に失敗した以上、鳶田はすぐ次の手を打ってくるだろう。百舌や他の組長たちにも注意するよう知らせなくては。

目白の護衛が運ばれた、なじみの病院にて、ひとまず合流することにする。

こちらとしては報復に出る前に、警察の動向を見なければならない。警察とてバカではない。大鵟鶉会の内紛には注視しているはずだし、襲撃犯が捕まったら〝使用者責任〟として鳶田をパクる可能性もある。ならば今、急いで動くのは得策ではない。さりとて売られた喧嘩を買わずにいては、ヤクザとしてのメンツが立たない。

「どうするよ、佐渡島」

病院の待合室で紙コップのコーヒーをすすりつつ、目白が言ってくる。トレードマークの薄い色つき眼鏡にひびが入っている。部下たちは少し離れた廊下の方で待機させている。

「まずは、現場近くの店とかに頭を下げにいかねえとな」

目白の車が襲われたのは、事務所近くの商店街の一角だった。周りにはスーパーや喫茶店、託児所などもあり、一歩間違えたら一般市民《カタギ》が巻き添えになっていた。今頃テレビの連中なんかが群がっているかもしれない。

「任侠大鵟鶫《うち》会の中に、おそらく本家の犬がいる」

ぬるくなった苦いコーヒーを飲みながら、先日来の懸念を目白に打ち明ける。

本家の犬、つまり内通者が自分たちの中にいるかもしれない。その疑いは今日の襲撃で確信に変わった。予定を変更して外出しようとするところを襲ってくるなど、こちらの内部情報が筒抜けになっているとしか思えない。

「明日の定例会議であぶり出すか」

目白が紙コップをぐしゃりと握り潰す。表情は変わっていないが、額に細い血管が浮かんでいる。

と、スーツの内ポケットに入れてある携帯が鳴る。百舌か、それとも他の者か。画面の番号表示が〈嫁〉となっているのに、はっと緊張する。待合室からやや遠ざかって電話に出る。

「どうした？」

できるだけ平静な様子で応答すると、明らかに嫁のものではない声が返ってくる。

「どうした、じゃねえよ」

心臓がどくんと響いた。そして瞬時に状況を理解した。鳶田の次の手はこれか、と。向こうの携帯がビデオモードに切り替わり、映像を見せられる。不安げな表情の妻と、にこにこ笑っている娘。心臓がさらに嫌な具合に胸を打つ。

一時間以内に自宅へ来るように、と鳶田は命じてきた。簡潔ながらも有無を言わせない口調だった。むろん丸腰で、自分ひとりで。警察はもちろん誰にも言うなよ、と念を押すのも忘れない。「俺とお前だけで話をつけようぜ」と。

「まあ、無視してもいいんだぞ。こんな呼び出し、おっかねえもんな。尤も、そうなったらお前の代わりに女房に、亭主の尻拭いをしてもらうまでだがな」

なぶる口吻で鳶田は言う。

「お前の女房って聞いたら、うちの連中にとっても輪姦《まわ》しがいがあるってもんだ。しょうがねえよな、奥さん。ヤクザ者を亭主にしたんだから、それぐれえは我慢しねえとな」

妻にそう語りかける声も聞こえてくる。

「すぐにオヤジのお宅へ伺います」

押し殺した声で答えると、「待ってるぜ」と電話がぶつんと切れる。携帯を握っている手が力んでいて、指がなかなか離れなかった。待合室へ戻ると、目白がけげんそうな目を向けてくる。

「どうした？　顔色悪《わり》ぃぞ。なんかあったか」

「いや、なんでもない」

事故の処理についての報告だったとごまかす。内通者がどこかに紛れ込んでいる以上、へたな動きはできない。もしや今、廊下に控えている者たちの中に犬がいるかもしれないのだ。だから向こうの言うとおりにするしかない。

怪我人《けがにん》の治療も終わったので、今日はもう解散し、明日朝イチの定例会で今後の対応策を決めていく、とその場にいる部下一同に告げる。「くれぐれも早まった真似をすんじゃねえぞ」と目白が念押しをする。

ざわついている廊下を抜けて、人目につかないよう非常口から階段を下り、建物の外へ出る。駐車場に停めてある替えの車に乗り込み、エンジンをかける。そういえば運転するのは久々だ。注意深く発進させて通りへ出ると、携帯が鳴る。つい先ほどまで一緒にいた部下からだ。代表の姿が消えたことに泡を食っているのだろう。

電源を切り携帯をポケットに戻すと、カーナビをつける。暗記してある鳶田の住所を入力する。

鳶田の住まう邸宅には昔、招かれたことがあった。

七、八年前に建てて、新築祝いに直参連中がこぞって呼ばれ、けっこうな額の祝い金を包まされたのだ。あのとき連雀はシャンパンのマグナムボトルをケースで献上して、鳶田をいたく喜ばせた。そういや、あいつは元気でいるだろうか。

ハンドルを繰りながら考えるともなしに、そんなことを考える。

正直なところ怖かった。自分を待ち受けているのはリンチか、拷問か。雉間のように目を潰されるかもしれない。その後で殺されるかもしれない。三代目の性格からして甘い期待は禁物だ。

だが、自分自身の恐怖よりも妻の安否に関する恐怖の方が、はるかに大きく心のなかを占めていた。今こうしている間にも、やられてしまっていないだろうか。昼間に自分がしたような仕打ちを、数人がかりでされてやしないだろうか……。

「くそっ！」

こぶしをハンドルに、ばん！　と叩きつける。

本当に、どうしてあんなことをしたのか、自分で自分を殴りたくなってくる。どうせ今から殴られにいくのだ。罰を受けるようなもの。長らく世話になった組織を裏切った罰と、大切な相手を傷つけた罰。

どちらも〝すみません〟で、とうてい済むようなことではない。分かっている。だからこれからそのツケを払いにいくのだった。自分のしでかしたことは、自分でケツを拭くしかない。

車を走らせていくうち、街灯の点在する広い坂道の先に、角ばった形の邸《やしき》がぼうっと見えてくる。家というよりも刑務所みたいだと、初めて訪れたときにも思った。

門の前で車を停めると自動的に門扉が開く。

玄関に鍵はかかっていなかった。まず靴を見て人数を確認する。女物の靴が一足に、男物の革靴が三足。うち一足は高級ブランドだ。おそらく護衛は二人いる。そこへ体格のいい男が現れて、無言でボディチェックをされる。言われたとおりに丸腰であることを証明すると、室内へ通される。

広々としたリビングに、関東大鵜鶴会三代目会長が――鳶田がいた。ソファに座って酒を呑み、煙草をふかしている。その背後には、案内役と同じくらい大柄な男が控えている。

鳶田は今気がついたというふうに、のんびりと佐渡島に目をやり、グラスを掲げる。

「呑《や》るか?」

「女房はどこですか?」

くくく……と、いかにも楽しげに鳶田は笑う。

「まあ落ち着けよ。久しぶりに会ったってのに、もっと他に言うことがあるんじゃねえのか、佐渡島」

「……ご無沙汰しております」

声を落として挨拶する。

「まあ座れ」

ソファに腰を下ろそうとして、鳶田の視線が床を指し示しているのに気がつく。ソファではなく、そこへ直《じか》に座れという意味なのだろう。艶光りするダークブラウンのフローリングに膝をつき、鳶田の前で正座する。

テーブルに置かれているガラスの灰皿の横に、空いているウイスキーグラスがあった。それに鳶田は氷とウイスキーを入れ、人差し指でからからとかき混ぜる。さらに吸いさしの煙草を突っ込む。じゅっ、と火の消える音。グラスがすっと差し出され、

「駆けつけ一杯、どうだ?」

薄い唇の端は上がっているが、目は笑っていない。この叔父貴独特の笑みを向けられる。

佐渡島はグラスを受けとり、口をつける。灰皿ウイスキーは喉が焼けるように度数が強く、苦い。昔呑んだときは、げほげほとむせてしまったが、今は水を飲むように呑む。鳶田の目を見つめながら、ひと息に飲み干す。

「いただきました」

両手でグラスを返す。ふっ、と鳶田は鼻の先で一笑すると、後ろの護衛に声をかける。

「女を連れてこい」

思わず肩がぴくりと反応して、「おいおい」と、からかうように言われる。

「そんなに女房が気になるってか。ざまあねえな。お前は見どころがあると思っていたんだがな」

広い額に横じわを浮かべ、やれやれというふうに鳶田は首を横に振る。

「俺はお前のことを買ってたんだぜ、佐渡島。だから若頭にしてやったんじゃねえか。なのに盃を引っくり返して出ていかれるとはよ。まったく悲しいぜ」

「それで雉間の目を潰させたんですか。俺の女房をさらったんですか」

「かわいそうだよな。お前に関わっちまったばっかりに、なあ」

ぎり……と奥歯を噛みしめて、目の前にいる男を見上げる。その視線を受け返し、鳶田は言う。

「お前の負けだよ」

宣言するような口調だった。

「組も大事、女房も大事だなんて、甘っちょろいこと抜かしてんじゃねえよ。極道が女房子どもの一人や二人、捨てらんねえでどうすんだ。そこがてめえは甘いんだよ。やっぱり上に立つ者の器じゃねえな」

その言葉が胸に突き刺さった。突き刺さったということは、的を射ていたからだった。

何かを得るには何かを諦めなければならない。大鵜鶏のオヤジもこの鳶田も、そうやって生きてきて組織の頂点にのぼり詰めた。

オヤジはたったひとりの息子に先立たれ、病院でひとりで死んだ。噂では鳶田は若い頃、妻子に逃げられたと聞いている。そしてこんな広い、牢獄《ろうごく》のような家にたったひとりで住んでいる。オヤジも鳶田もひとりだ。ひとりぼっちだ。

対して自分はどうだろう。昔ならいざ知らず、家族をもった今の自分に、はたしてそんな生き方ができるだろうか。大切なものを手放してまで、組織の上に立とうという覚悟があるのだろうか……。

「お前の負けだよ」

佐渡島の心のゆらぎを読んだかのように、鳶田はもう一度、言う。脚を組み、組んだ脚の上に身を乗り出して、

「のこのこと、ここにやってきた時点でお前の負けなんだよ」

そして本家に戻ってこいと命令する。

「俺は寛大だからな。お前と目白の絶縁処分を取り消して、出ていったやつら全員が戻っ

てくるのを許してやるよ。ただし、お前らの組は取り上げのうえ、ヒラに降格してもらうがな。そうしねえと示しがつかねえだろう」

鳶田がそう語るのを聞きながら、床を見つめる。要するに組もシノギも奪われて、この年から最末端の組員として飼い殺しにされるというわけだ。寛大どころか、生き恥をさらされるようなものだった。

「どうした、暗え《くれ》顔して。こいつよりはいいだろう?」

はっとして顔を上げると、鳶田は右手に道具を握っていた。ご丁寧に銃口部には音を消すサプレッサーまでつけてある。

「女房が二階からくる前に選べ。白旗上げてこっちに戻ってくるか、それとも強情張って今ここで死ぬか」

〝死ぬ〟という言葉が、とうとう鳶田の口から出た。生きながらえて一生この男に這いつくばるか、あるいは意地を貫いて潔く散るか。ひどい二択だ。生きるか死ぬかのちがいはあれど、どちらを選ぶにしても、待っているのは地獄ではないか。

「ちなみに……そいつの方を選んだら、女房はどうなりますか」

拳銃に目をやって問うと、こともなげに言われる。

「そりゃもちろん女房もバン！　だろ。いや、もったいねえからまず輪姦して、それからバンだな。さあどうする。ほれ、ちょうど女房殿がきたぜ」

鳶田がソファの斜め後方に、あごをしゃくってみせる。そちらへ視線を向けると、部下の男に背後をとられ、なだらかなスロープ状の階段の上に妻が現れる。

その顔を見た瞬間、決めた。死ぬか生きるか。組織か妻か。どちらを選び、どちらを捨てるのか、自分でも驚くほど迷いなく決めていた。

「オヤジ」

姿勢を正して鳶田に向き直り、床に額《ぬか》ずきそうなほど深々と頭を下げる。

「このたびは大変申し訳ありませんでした。オヤジの許で一から勉強し直させてください」

「戻ってくるか？」

「はい……すべてオヤジのおっしゃるとおりにいたします」

「手打ち成立だな」

鳶田がぱんぱんと手を打つと、そばに控えている部下がキッチンへと姿を消す。こわばった表情をしたひづるに鳶田は笑いかけ、ソファの端に座らせる。

「奥さん、ちょうど今、あんたの旦那と話をつけたとこだよ」

床に直に正座している夫に、ひづるは案じる目を向けてくる。

〈赤ん坊は？〉と佐渡島が口の動きで尋ねると、ひづるは二階の方をちらと見上げ、〈大丈夫〉と、やはり唇の動きで伝える。着衣に乱れはなく、顔にも殴られた様子はないことに、ひとまず胸を撫《な》で下《お》ろす。

「なあ奥さん。最後に、旦那がケジメをつけるのを見ていけよ」

そこへ台所へいってた部下が、まな板と包丁を手にして戻ってくる。即座に次の展開を予測した。自分の目の前にまな板が、そしてその上に包丁がごとりと置かれる。いかにも切れ味のよさそうなステンレス製だ。鳶田は言う。

「二本で勘弁してやるよ。お前の分と目白の分だ」

つまり、指を二本落とせということだった。妻の見ている前で膝を屈して全面降伏しろ、と。

「……ありがとうございます」

左手の時計を外して袖口をまくり上げる。ひづるが手で口もとをはっと押さえる。顔が蒼白になっている。大丈夫だ、というふうに目で告げる。

鳶田は真横にいるひづるに銃口を向け、

「分かってると思うが、妙な真似をしやがったら女房の頭がバン、だぞ」

「分かっています」

脅しではないだろう。この男の冷酷さは嫌というほど知っている。盃を分けた〈息子〉たちすらゴミのように処分したのだ。相手が女だからといって撃つのをためらうような人間ではない。

「あいにく輪ゴムはねえんだが、かまわねえよな?」

楽しげな口調。ゴムで指の根もとを縛って血流を止めておかないと、気を失いそうに痛いと聞く。クソ鳶田が。いや、クソは自分だ。

組も女房も守りきれず、結局どちらも危険にさらしてしまった。組を束ねるオヤジとしても、女房の夫としても、自分はちゃんとやれなかった。多くの者を巻き込んで傷つけた。そのツケを払うときがきたのだ。

作法に則《のっと》り、左手でこぶしをつくってまな板の上に置き、小指だけをぴんと伸ばす。右手で包丁の柄を握ると、切っ先をまな板につけ、刃もとの真下に小指の第二関節がくるよう位置を確認する。

シャツの腋《わき》下に汗がにじんでくる。これから切り離す指の先をじっと見つめる。一度で切断しなければみっともない。こうなったら、せめてみごとにやってやろう。深呼吸を一回、二回。

「見ていてください、オヤジ」

包丁を下ろすのと同時に、妻が「やめ——」と発する声が耳をかすめた。ざくっ……と肉と骨の断ち切れる感触がした。

「っ……く」

爪のついた指先が、床にころころ転がっていく。熱い血がまな板の上に広がる。想像以上の激痛に、歯を食いしばって耐える。

「いいぞ。もう一本だ」

鳶田の顔つきが昂揚《こうよう》してきて目がらんらんと輝いている。断指に興奮しやがって、変態が。

「もういいでしょう、やめてっ」

目に涙をにじませて立ち上がりかける妻の腕を、鳶田が引《ひ》っ摑《つか》んで座らせる。

「いいとこなんだ。邪魔すんじゃねえ！　女」

「大丈夫だ、あと少しだ。ひづる」

静かな声で妻に呼びかける。あまりの痛みに叫びだしたくなるのを懸命にこらえて、できるだけなんでもないというふうに。

「あと少しで終わる……そうしたら一緒に帰ろう」

「だとよ、奥さん」

鳶田が笑う。二本目は薬指だ。一本目と同じ手順で第二関節のところで、ざくりと一気に切り落とす。

「う……」

まな板一面が血まみれになった。全身から汗がだらだらと流れ落ち、耳の奥がずきずきする。

「よーし、よくやった。えらいぞ」

息を切らしてうずくまると、飼い犬をほめるような言葉を鳶田がかけてくる。

「指を拾え」と命令された部下が、すぐ近くに屈み込んだ瞬間、身体が自動的に動いた。何も考えず、ほとんど条件反射的に。

男たちの空気がゆるんだ一刹那を、感覚的に察知した。

そいつの手の甲に思いきり包丁を突き立てて、テーブルの上にあるガラス製の灰皿を掴む。渾身《こんしん》の力を込めて振り下ろし、ぼぐっと男の頭蓋を陥没させる。

「てめえ！」

もうひとりの護衛が掴みかかってくるのを受け、その勢いを利用してテーブルに投げ飛ばす。天板が割れ、酒瓶もグラスも粉々に砕ける。指の痛みを感じなかった。極限の状況で肉体が勝手に、本能のままに躍動した。背中をしたたか強打した男の顔面を蹴り飛ばし、鼻骨を折る。

直後、バシュッという音が背後で聞こえた。撃たれたと思ったが——ちがった。もっと最悪だった。

妻が倒れている。長い髪が扇のように広がって、赤く染まっていた。

二

あの〝鳶田〟とかいう男が夫に電話をかけた後は、娘と共に二階の和室にいるよう命じられた。

見張り役は堂道だった。彼は自分のスニーカーを玄関から持ってきて、なぜか廊下の隅に置いていた。理由をひづるが尋ねると、「いざとなったら窓から逃げ出せるようにです」という答えがきた。いつでも、どこからでも逃げられる準備をしておくのは、使い走り時代に身についた習性なのだそうだ。

「使い走りというより泥棒みたいですね」

皮肉を込めてそう言うと、「ああ、そんなこともしてましたね」

堂道は淡々とした口調で返す。「今どき暴力団に入るやつなんて、こんなんばっかですよ」と。

夏恵がむずかりだしたので、いったん廊下へ出てもらい、授乳とおむつ交換をする。そろそろこの子を寝かせる時刻だった。それに今日はまだ、お風呂に入れてない。夜の離乳食もあげていない。

そう考えている自分に気づき、ひづるは苦笑いをこぼす。

もしかしたらこのまま殺されてしまうかもしれないというのに、普段みたいに子どものお風呂や食事のことを気にしている。そんな自分がおかしかった。

赤ん坊を胸に抱いて微笑むひづるに、堂道は神妙そうな目を向けてくる。

「度胸ありますね……姐さん。怖くないんですか」

「怖いですよ。当たり前でしょう」

微笑を浮かべたまま、言う。

「あなたこそ怖くないんですか？　あんな人に仕えていて、こんな仕事をやらされて、あなたはつらくないの？」

堂道は唇を引き結んでうつむく。先ほど一階で見せていたのと同じ、苦しげな面持ちになる。

「姐さんには……分かりませんよ」

「ええ、分かりません」

弱々しくつぶやく彼に、我知らず強い言葉を放ってしまう。

「夫を襲撃されて、しかもだまされてこんなところへ連れてこられて。それであなたたちが何をしたいのか、何を企《たくら》んでいるのかなんて私にはぜんぜん分からない。私だけならまだいい。でも、子どもまで巻き込まないで」

眠りに落ちかけている娘を包む両腕に、自然と力がこもる。

これまでこの青年には、どこか気が引けるところがあった。夫の仕事について自分が何も知らないことを指摘され、〝素っカタギ〟とか〝部外者〟とか、言動の端々から軽く見られていると感じることもしばしばだった。

オレが仕えているのは、あくまでもオヤジであって、あんたじゃない。

口に出さずにそう言われているようだった。

だけど今、彼に対してかつてなく強気に出ている自分がいた。ひづると視線をあわせるのを怖がるようにうつむいている堂道が、なんだか追い詰められた子どもみたいに見えた。

「こっちを向いて」

傍らに座る青年に、やわらかな語調で言う。優や夏恵に語りかけるときのように、そっと穏やかに。

堂道はおずおずと顔を上げ、ひづるを見る。中性的に整っている風貌に、かすかな怯えの色が浮かんでいる。

誰に怯えているのだろうか。さっきのあの男に？　それとも、今こちらへ向かってきているという夫に？　両方に、かもしれない。どちらの男も鬼のように恐ろしいから。

「私の実家がどこにあるか、憶えてる？　前に送ってくれたことがあったでしょう」

昨年末、実家の父が亡くなったとき、堂道の運転する車で駆けつけた。ひづるがそれを口にすると、堂道はこくりとうなずく。

「もし夫と私に何かあったら、この子をそこへ連れていって。お願い。あなたしか頼める人がいないの」

それを聞いて堂道が目を大きく見開く。「姐さ……」と言いかけるのにかぶせて、「お願い。約束して。お願いします」とひづるはたたみかける。青年の目をじっと見つめて、心から訴える。

今はもう、最悪の事態に備えなければいけなかった。

もしも自分たちの身に万一のことが起きたとして、子どもだけは絶対に守らなければならない。優はさいわい安全な場所にいる。だけど夏恵を託せるのは、この場ではこの青年しかいなかった。あの鳶田にはけっして、けっしてこの子にふれさせない。たとえ殺されでも――。

部屋の引き戸が、がらっと引かれる。鳶田の部下が立っていて、ひづるに下へ戻るよう命令する。

腕のなかで寝ている夏恵を、堂道の腕へと移す。受け渡しの途中で赤ん坊はぴくっと動くが、青年の胸に顔を寄せ、すやすやと眠り続ける。こわごわと抱く彼の片手を子どもの首の下にあてがわせて、反対の手でお尻を支えさせる。堂道の手はわずかに震えていた。

「大丈夫よ」と声をかける。

「そうやって抱っこしてあげてね」

それから立ち上がって部屋を出る。

一階の広いリビングルームには、夫がいた。

鳶田という男の足もとで、跪《ひざまず》くように正座している姿を見て、おおよその状況を悟った。佐渡島は憔悴しきった顔をしていた。昼間に家へ戻ってきたときは怒り狂った形相をしていたのが、この数時間で急に何歳も年をとったかのようだ。だけど怪我はしていない。

（……よかった）

小さな安堵のため息を洩らす。

鳶田の横に座らせられ、話はついたと告げられる。これでもう帰れるのかと、ひづるがほっとしたのも束《つか》の間《ま》、おぞましい展開が待ち受けていた。夫が指を切り落とすのを、見ていけと言われた。

信じられなかった。この人たちはバカじゃないかと思った。

話がついたというのなら、それでいいではないか。何をわざわざ指を切らせたり、切ったりしなければならないのか。やっぱりヤクザはどうかしている。鳶田も夫もまともじゃない。

そんなことを思っている間に、夫が断指をはじめた。

「やめて」と言おうとして、声が出なかった。目の前の光景の異様さに圧倒されて、息を止めて凝視した。恐ろしいのに目が離せない。夫の顔は汗びっしょりで、苦痛をこらえている表情は、どこかなまめいて美しかった。

ふと横を見ると、自分に銃を向けている鳶田も夫に見惚《みほ》れている。冷酷そうな細い目に熱い火が灯《とも》り、しきりに唇を舐めている。

まるで何十分もの時間が経ったようだった。実際はほんの数分だったはずだ。

突然、弛緩《しかん》した空気の隙間を縫って夫が動いた。このときを待っていたかのようだった。流れるような動作で鳶田の部下を打ち倒していく。なんのためらいも容赦もせず。鳶田が狼狽《ろうばい》して銃口を夫の方へと向けたとき、とっさにその腕にしがみついていた。

手首に歯を立てて噛みつくと、舌打ちされ、床に叩きつけられる。続けて熱い痛みが肩をかすめた。直後、夫が鳶田に突進していき、間近で撃たれる。どさりとその場にくずおれるのを見ながら、自分の口から轟音《ごうおん》のような絶叫がほとばしった。

「いやあああっ！」

叫びながら喉の奥がびりびりする。

「うるせえ女ぁ！」

鳶田が再び銃口をこちらに向ける。

「もう一発くらいてえか⁉」

その腕を、むくりと立ち上がった夫が、包丁で勢いよく斬りつける。血しぶきがぱっと舞い、拳銃が弾《はじ》き飛《と》ばされる。

「ぐ……」

呻く鳶田を夫は無言で羽交い締めにして、首に包丁の刃を当てる。そのまま、抱きあうような体勢で男たちは静止した。

どちらもぜえぜえと息を切らして血に濡れている。鳶田は右腕から、夫は左手の先から血をたらし、ぽたぽたと床に血だまりをつくっている。

た。

「ひづる、銃を拾え」

鳶田を見据えたまま、夫は言う。青みがかった白目には、くっきりと青い筋が立っていた。

「拾ったら二階に上がって、夏恵のいる部屋で鍵をかけて待ってろ。俺がいくまで絶対に開けるな。下にも降りてくるな」

「……え？」

上体を起こすと、左肩に鋭い痛みを感じて手でふれる。ぬるぬると赤いものがついていて、自分も撃たれたのだとようやく気づく。

「なんだお前……女房を上にやって、そんで俺を殺《や》ろうってのか？　親分殺しは大罪だぞ」

鳶田の仕立てのいいスーツは血で汚れ、広い額に脂汗がにじんでいた。微笑を浮かべているけれど、目にはかすかな焦りがある。すると夫の緊迫した表情にも、ふ、と小さな笑みが浮かぶ。

「親分じゃねえよ」

「ああ？」

「あんたは俺の〈オヤジ〉じゃねえ。俺もあんたの〈息子〉じゃねえよ」

鳶田の喉もとに添えられた包丁から、細い血の筋がつたい落ちる。その血は夫の右腕を赤く染めていく。

こんな光景を、前にも見たことがあった。三年前、ひづるの目の前で佐渡島はひとりの男と殺しあった。互いの首を絞め、腹を刺し、血を流した。相手の男が死んだのか、どうなったのかは分からない。

ただ、あのとき夫は自分を助けるために命懸けで動いてくれた。そう、ちょうど今みたいに――。

階段の方で物音がして、見上げると堂道がいた。茫然としてリビングの惨状を見ている。すかさず鳶田が命令を発す。

「堂道！　銃を拾ってこいつを撃て！」

拳銃はスロープを下りてすぐ近くの場所まで飛んでいた。先に取られてはいけない。ひづるは立ち上がりかけて、肩の痛みによろけてしまう。だめだ。間に合わない。

「堂道！」

階段を降りようとする青年に夫が叫ぶ。

「お前のオヤジはどっちだ⁉　こいつか、俺か？」

鳶田の首に包丁をつけたまま、堂道に問いかける。

「お前が俺を撃つより先に、俺はこいつを殺すぞ。そしてお前も殺す。死体は俺が持ってる産廃処理場に埋める」

低く、地を這うような声だった。

「どうする？　俺とこいつとどっちにつく？　選べ」

場がしんと静まった。佐渡島も鳶田も、そしてひづるも青年をじっと注視する。彼の選択にすべてが懸かっていた。ここにいる人間全員の生と死が。

堂道は硬い表情で男たちを見て、それからひづるに視線を当てる。ゆっくりと一階に降りてきて拳銃を拾い上げると、それをひづるの前に置く。

「どうぞ」

ぼそりとつぶやき、ジャージの上衣を脱ぐと、ひづるの肩にふわりとかける。

「クソガキが……どいつもこいつも恩知らずが」

鳶田は忌々しげに吐き捨て、顔を後ろにかしげて夫に告げる。

「いいぜ、殺せよ」

挑発するのにも似た口調でこう続ける。

「どうせなら女房の見ている前で、俺を殺せよ。これが亭主の仕事だ、ってとこを見せてやれよ」

夫が自分を見る。さえざえとしたまなざしを、まっすぐに向けてくる。まるで今ここに、自分たちしかいないかのように。その視線を受けとめて、ひづるは見つめ返す。そうして夫の瞳に浮かんでいた青筋が、すーっと消えていくのを確認する。

佐渡島は呼吸を整えると、両腕で締めつけている男に「叔父貴」と呼びかける。

「叔父貴もどうぞ選んでください。現役を退いて大鵬鶴会の名誉会長になられるか、あるいは、あくまでも意地を貫かれるか」

その申し出に、鳶田の頰がぴくりと動く。

「つまり……俺に引退しろ、さもなきゃ死ね、ってことか?」

「どうぞ、お好きな方を選んでください」

静かな口調だった。怒りも恨みも感じられない、ひそやかな声音だった。それだけにすごみのようなものがあった。返答次第では、ためらいなく右手に握っている包丁をすっと横に引くだろう。そう思わせる迫力を放っていた。

顔と顔がつきそうなくらいの近距離で、男たちは見つめあう。しばらくして鳶田が口を開く。

「功労金は出るんだろうな?」

「もちろんです」

「なんぼだ？」

「叔父貴のお好きなように」

その言葉に、鳶田は失笑とも苦笑ともつかない笑みを洩らす。

「じゃあ、これで手打ちとするか。四代目」

三

襲名式は桜が満開の時期に行われた。

その日をもって任俠大鵤鶏会は解散し、古巣である関東大鵤鶏会と再統合することになった。それに伴い、執行部の顔ぶれも刷新された。

四名によって構成される若頭補佐には、二代目鳶田組組長の安生地、雉間組組長の雉間、尾長組組長の尾長。そして百舌組組長の百舌が新たな直参として加わった。

新しい若頭には目白が就き、執行部の屋台骨ともいえる総本部長には、先ごろ引退した鳩ヶ谷の叔父貴に戻ってきていただいた。

三年半に亘って会長職という激務をこなしてきた鳶田功は、この再統合を機に名誉会長へと〝勇退〟した。それに代わって元関東大鵤鶏会若頭にして、元任俠大鵤鶏会代表である佐渡島朱鷺が、四代目会長に就任することとなった。

弱冠四十歳での会長は、歴代で最年少だ。だが若頭補佐になるまでは、けっして出世コースに乗っている方ではなかった。最末端の部屋住みからはじめて、自分の組を持ったのも三十を過ぎてからだった。

直参はじめ枝の組の組長やフロント企業の社長たちが居並ぶ前で、襲名式での口上では、その点を強調した。それから引退する名誉会長に送辞を述べた。

「初代、二代目、三代目が守り抜いてきたこの組織を、本日より命懸けで預からせていただきます。今後はよき相談役、頼れる叔父さんとして、我々若輩をよろしくご指導ご鞭撻《べんたつ》ください」

それを受けて鳶田もこう語る。

「この一年、分裂騒動で色々あったが〝雨降って地固まる〟というように、これからの大鵠鶴会は今まで以上に一致団結していってほしい。今は我々ヤクザにとっては困難な時代ではあるが、この四代目を今日から新たな父親として頼り、互いに協力し、支えあっていってほしい」

鳶田は芝居がかった動作で佐渡島に右手を差し出し、佐渡島はその手を固く握りしめる。互いに笑みを浮かべて握手を交わすと、割れんばかりの拍手が会場中に鳴り響く。かくして襲名式はつつがなく終了した。

その後は料亭に場を移しての食事会となる。

大鶴鶉会の内紛が円満に解決したこと、そして会長の代替わりを披露する意味あいも兼ね、周辺団体にも声をかけた。曙一家の鷲住総長を筆頭に、様々な客人を迎えてにぎやかな祝宴になった。

佐渡島は酔いすぎない程度に酒を呑みつつ、来客と歓談し、参加している組員たちが破目を外しすぎないよう目を光らせる。隣に座る目白から「今日は義指をつけてこいって言ったろうが」と、ちくりと刺される。

「一本ならまだしも二本も落としやがって。指がねえと軽く見られるぞ」

「かまわねえよ」

三本指になった自分の左手を眺める。薬指と小指は第二関節から先がない。切断面もきれいにふさがった。切り落とした指は二本とも鳶田が持っている。小瓶にホルマリン漬けにして、手打ちの証《あかし》にと献上したのだ。

断指したことに後悔はない。会長の座と引き換えにしたと思えば、安いものだった。

「それと、肋骨《ろっこつ》はもうくっついたのか？」

新調した眼鏡越しに、目白は佐渡島の胸もとをじろりと見やる。「ああ」とうなずく。

「もう二ヶ月近く経ったんだぜ」

「骨折癖をつけるなよ。一度折ったら繰り返すっていうからな」

アッシュグレーの髪の色とあわせたグレーのダブルスーツの下には、今日も防弾チョッキを着けている。用心のために。思えばあの日、このチョッキのおかげで命拾いをしたのだった。

至近距離で鳶田から撃たれ、肋骨の骨折だけで済んだのは運がよかった。チョッキを着ていなければ確実に死んでいたし、顔や腕、脚を撃たれていたとしても、きっとただでは済まなかった。とても今ここでこんなふうに、酒を呑んでなどはいられないだろう。

胸を撃たれて本当によかった。皮肉なことだが、鳶田が自分を本気で殺そうとしたおかげで結果的に命拾いした。

その後の正式な話しあいで、鳶田には引退してもらい、自分が会長職を引き継ぐという形で手打ちとなった。目白に言わせると「実質的には任侠《う》大鵬鶏会の勝《ち》ち」ということだが、勝ちも負けもないと思う。ただ、すべてがなんとかもとの鞘《さや》に収まった。

鳶田という膿《うみ》を出し、二つに分裂した大鵬鶏会を相討ちさせることなく再び一つにまとめる願いが叶《かな》った。自分を含めて怪我を負った者は複数名いるが、ただのひとりの死者も出さずに済んだ。それを勝ちというのなら、たしかに勝ったのだろう。

だが、自分の方が鳶田より強かったとか、優れていたというわけではない。あのとき、あの場の勝敗を決したのは、なりゆきと運だったとしか思えない。

あの若いのが鳶田ではなく自分を選んだ。それによって決まったのだ。いや、あいつが選んだのはひづるか――。

広い会場の末席についている堂道に目をやる。今日ばかりは黒いスーツを着ているが、少年くささの残る顔立ちにまだ背広は似合わない。隣にいるのは、元佐渡島組の部屋住みの番だ。堂道は先輩のコップにビールを注いで、なにやら話を聞かされている。

と、最上座にいる佐渡島の視線に気づいたのか、畏まった顔つきになり、背すじをぴんと伸ばす。勘のいい若者だ。

本家の犬が堂道であったことは、目白には言わなかった。

無断で病院を抜け出しての鳶田との一騎打ちと手打ち、および女房ともども負傷してきて、目白には一切合切の後始末で苦労をかけた。そのごたごたで、いつの間にか内通者に関する話はうやむやになった。

堂道は現在、百舌組に預けて一から部屋住み修業をさせている。スパイまがいの仕事を任されていただけあり、なかなか使えそうな人材となりそうだ。いずれは自分の側近に引き立ててもいいかもしれない。あるいは、内通者であったことの償いとして汚れ仕事要員にでもしてやろうか。

どう扱うにしても、堂道の今後は自分の胸三寸にかかっている。

ひとつだけ決めていることは、もう二度と妻には近づかせないことだった。

あいつはひづるに惚《ほ》れている。あのとき、拾い上げた拳銃を鳶田でも自分でもなく、ひづるに差し出したときに、それが分かった。その気持ちも分からなくはないが、オヤジの姐に惚れやがるとは……。

「クソガキが」

ひとり言が口をつたい、目白から「なんか言ったか？」と問われる。「いや」

「しかし、名誉会長も功労金をずいぶんと要求してくれたな」

ビールのコップを傾けながら、やや離れた席で鷲住と談笑している鳶田を、忌々しげに目白は眺める。

「大鶴鶴会が沈没するまで搾り取られるよりはいいさ」

坦々《たんたん》とした口吻でそう言うと「なんで殺らなかったんだ？」と、声をひそめて尋ねられる。

「いっそ殺っちまえばよかったのによ。それを向こうの面目を立てて名誉会長にしてやったうえに、金までたんまりくれてやって。案外あいつの思《おも》う壺《つぼ》なんじゃねえか」

名誉会長を〝あいつ〟呼ばわりだ。鳶田を殺さなかったことが、目白には不満らしい。目白はけっして血の気の多い男ではないのだが、こと鳶田に対してだけは拭い去れない怒りを抱いているようだ。

「お前だったら女房の目の前で、殺しができるか？」

佐渡島の言葉に、目白はやれやれというふうに肩をすくめる。

「そこがお前は甘いんだよ」

思えば、鳶田からもそう言われた。組も大事、女房も大事だなんて甘っちょろいこと抜かしてんじゃねえ、と。たしかに自分は甘いのかもしれない。組も女房もどちらも大事で、どちらも手放したくない。この二つを守っていくためなら、これから自分はどんなことでもするだろう。

説教モードに入ったのか、目白は続ける。

「鳶田の強欲ぶりはお前だって、うんざりするほど知ってるだろう。引退しても、なんだかんだで金をせびってくるかもしれないぜ。そのたびにくれてやる気か？」

「そのときはそのときさ」

目白の空になったコップにビールを注いで、自分のにも手酌で注ぐ。コップを口に運びつつ、再び堂道を見やる。

もしも鳶田が功労金の追加をねだってきたり、少しでも怪しい動きを見せたりしたら、そのときこそ殺すつもりでいた。それは堂道にやらせよう。鳶田の子飼いだった安生地の組にも目を光らせておかなければ。信頼できる部下を何人か潜り込ませて、逐一監視させるのがいいだろう。

そこへ鷲住総長が、鳶田の席からこちらへとやってくる。佐渡島と目白はくつろいでいた胡坐を解くと正座して相対する。

「ついにやりましたな」

鷲住はいかつい風貌に愛嬌のある笑みを浮かべる。目白と自己紹介を交わして、

「これから大鵟鵟会はいよいよ、若手の時代ですな」

「名誉会長と話が弾んでいたようですね」

目白も微笑して応えると、

「ええ、お二方のことを大変褒めてらっしゃいましたわ。あの二人なら安心して大鵟鵟会を任せられる、これで後顧の憂いなく引退ができる……とね」

鷲住は口なめらかに言う。その鳶田はといえば、別の客人と歓談中だ。胡坐をかいたままゴルフの素振りをしている。佐渡島の左手に鷲住は視線を向け、

「自分の読みどおり、あんたはやっぱり武闘派だと思ってましたわ」

にい、と笑いかけてくる。この男もまた左の小指は欠けていた。

「ヤクザは喧嘩してナンボ、男を売ってナンボの商売ですからな。みごとな男の売り出しでしたな。初代会長も草葉の陰で喜んでらっしゃることでしょう」

「大鵜《う》鶙《ち》会のごたつきで、曙一家さんにもご迷惑をおかけしました」

佐渡島が詫びを述べると、鷲住はいっそう愛想よく笑う。

「改めまして今後とも、どうぞよろしゅうたのんます」

最後の方はくだけた関西弁だった。

今後、曙一家とは関わりが増えていくかもしれない。この地域一帯を取り仕切っている者同士、大手組織につけ入らせる隙をつくらないよう、同盟を結ぶかもしれない。

ともあれ先はまだ長い。そして、すべきことはたくさんある。会長になったからといって、これがゴールというわけではない。むしろ新たなはじまりだ。組員たちを食わせ、他団体に潰されず、警察に目をつけられず、なによりも反逆者を出さずに大鵜鶙会を守っていかなければならない。

「先は長いな」

宴《うたげ》はいよいよにぎやかに盛り上がっている。熱気に充ちた空間を眺めて、言うともなしにつぶやくと、「そうだな」と目白はうなずく。

開始したのが早かったので、夕方前にはお開きとなった。

来客たちを丁重に見送り、名誉会長と総本部長も帰路につき、あとの者は二次会やキャバクラにでもいくような流れとなる。若い衆を連れて呑みに繰り出すという目白から「お前もいくか？」と、水を向けられるけれど遠慮する。

明日は息子の小学校の入学式なのだった。付き添っている父親が酒の匂いをぷんぷんさせていたら、まずいだろう。

「さすがに明日は義指をつけろよ」

そう目白から忠告される。百舌と雉間にも声をかける。眼帯をつけた雉間はすっかり回復していた。片目になったことでヤクザとしては、かえって迫力が出てくるだろう。

「お疲れさまです！」と部下たちが敬礼する中、全面に防弾仕様を施して新調したミニバンで、その場をあとにする。

車の窓越しに外を眺めると、夕暮れどきの活気ある光景が目に映る。寺社仏閣の多いこの町で、もう二十年以上生きてきた。チンピラ上がりの部屋住み時代から、こうして組織を束ねる身となった現在まで、ずっとここで生活してきた。親の名前も出身地も知らない自分にとって、もはやこの町は故郷に等しい。

今回の分裂騒動で、地域住民には多大な迷惑をかけた。大鵬鶴会の評判もすっかり落としてしまった。これから少しずつ、時間をかけて大鵬鶴初代のオヤジのように町に根を張り直し、好かれるとはいかないまでも、せめて一般人《カタギ》に嫌われないヤクザ団体となっていかなくては。

そんなことを考えつつ車を走らせていくと、前方に桜並木の遊歩道が見えてくる。この先には、坊主が明日から通う小学校があるはずだ。

「そこでちょっと停めてくれ」

護衛兼運転手に声をかける。すぐに戻ってくるから待ってるように、と指示を出して車を降りる。酔いざましと明日の下見も兼ねて遊歩道を散策する。

日が長くなってきて、夕まだきの空は明るかった。歩道の両端に等間隔で植えられている桜は、どれもこれも満開だ。ベンチに座って桜を眺めている者、携帯で花の写真を撮っている者など、思い思いに桜を愛《め》でている。

しばらく歩いていくと、作業着姿の男たちが桜の木の手入れをしていた。そろいの青色のツナギを着て、地面に穴を掘って肥料を埋めたり、散った桜の花びらをほうきでかき集めてビニール袋に詰めたりしている。

親方らしき年配の男が、「そろそろ上がるぞ」と声をかけると、男たちはすみやかに片づけをはじめる。ぱんぱんになったごみ袋や、作業道具を外に停めてある数台の軽トラックに積んで、順次車に乗っていく。連携のとれたいい動きだ。

その様子を見るとはなしに眺めていると、肥料袋を肩にかついで立ち上がった作業員と目があう。はっと短く、息を呑む。相手も、ぽかんとした表情でこちらを見つめる。親方がその男に呼びかける。

「豪、もういいぞ。お前も上がれ」

連雀だった。頭にタオルを巻いて地下足袋を履いて、青いツナギの袖口が手首まで腕を隠している。

「よお」

片眉をわずかに上げて、連雀はにやりと笑う。

「久しぶりだな」

親方一行が軽トラで走り去っていくと、連雀と喫煙エリアのベンチに座って、自販機で買った缶コーヒーを飲む。

「一緒に帰らなくていいのか?」

佐渡島が問うと、「ああ、バスか電車を使うさ」と連雀は答える。

「まったく、昔は運転手づきのフェラーリに乗ってたのによ。今は事務所まで毎朝自転車こいで通ってんだぜ」

連雀はツナギの胸ポケットから煙草の箱を取り出し、一本抜いて火をつける。そのライターには見覚えがあった。昔から使っていたゴールドのダンヒルだ。

「吸うか?」

勧められ一本もらう。かつて愛飲していたチョコレート色の細葉巻ではない、普通の煙草だった。

「労働のあとの一服はうまいぜ」

しみじみと味わうように連雀は煙草をふかす。

なんでも、二年前から地元の造園会社で働いているそうだ。朝八時半から夕方の五時まで。一日働いて日給は六千円。天候次第の仕事なので、夏と冬はきついという。

「台風がきたら倒木処理で夜中に呼び出されたり、土嚢《どのう》をつくらされたりな。さっきの、あの親方が俺の親父の知り合いでよ。そのよしみで雇ってくれたんだわ」

そう話す連雀の横顔を見る。日に焼けて浅黒い頬は健康そうに引き締まって、肉体労働で筋肉がついたのか、前よりも厚みのある身体つきになっている。

「元気そうだな」佐渡島の言葉に、

「いやでも元気になるぜ、毎朝七時起きでよ」連雀は苦笑する。

「でもまあ、そのおかげでメシはうまいし、体力はついたし、夜はぐっすり眠れるよ。酒も眠剤もなしで寝るなんて、ヤクザやってた頃はまず無理だったもんな」

こいつだけはやめられねえけどよ、と、指に挟んでいる煙草を深々と吸い込む。

よくこの辺りで仕事をしているのか？　と問うと、ここの桜並木の手入れは今日までだという。普段は北関東の地元周辺で働いているとのことだ。

「やっぱこの辺には来づれえよな。なんせ俺は、やらかしちまった身だからな」

さばさばとした口調だが、声には微量の苦みがあった。

連雀の会社では、個人宅の庭木の手入れだけでなく、土木や外構工事も請け負っているそうだ。中でも多いのが、ここのような街路樹や公園の緑化管理といった、市や町の公共事業なのだという。

「しかし〝六十の手習い〟じゃねえけど、四十の見習いってのもなかなか大変だな。自分より年下の先輩職人にあごで使われて、なんだかこの年で部屋住みに戻ったみたいだぜ」

「じゃあ、お前も植木職人になるのか？」

「なれればな。まあ、十年がんばってみろ、って親方から言われてるよ。どんな稼業でも十年辛抱できたら一人前だ、ってな」

「そうかもな」

その言葉にうなずいた。たしかにどんな業種でも十年耐えることができたら、なんとかものになるものだ。自分の経験からしてもそう思う。

「でもよ、十年経ったら俺、何歳だよ。もう五十過ぎだぜ。ジジイじゃねえか」

「もう、じゃなくて、まだ、だろ。今の時代、五十なんてまだまだだぜ」

「まだまだかよ。そう言われても、あんま嬉しくねえな」

「俺も言ってて、そう思った」

そんなことを話しながら笑いあう。昔よくしていたような、たわいのないお喋りを自然と交わしあっていた。

吸い終えた煙草を灰皿に落とすと、

「で、お前の方はどうなんだ？」

連雀は話題を変えてくる。週刊誌で大鶴鶉会のお家騒動を、読むには読んだそうだった。

「護衛もつけねえで、こんなところをひとりでうろついてていいのかよ。また襲われても知らねえぞ」

口ぶりからして、二ヶ月前に目白ともども襲撃された件も、テレビか雑誌かで知ったのだろう。あれはちょっとした事件として報道されたから。だがその後、無事に再統合と相成ったことはまだマスコミには掴まれていない。現会長が本日付けで引退し、自分が新会長となったことも。

尤も、これがニュースになるとしてもせいぜいがヤクザ誌で、たぶん一般誌では扱われないだろう。そういうものだ。カタギはヤクザのドンパチには興味を持っても、和解などには関心を示さない。

「ああ、気をつける」

そう答えると、連雀はやや垂れ気味の目をこちらに向けて、

「お前、なんか変わったな」

「そうか?」

「鳶田のオヤジに似てきたな。雰囲気が」

その指摘に、どきりと胸を衝かれる。

「オヤジみてえに指も落としてよ」と、缶コーヒーを握る佐渡島の左手に視線をやる。

「お前は嫌いだろうけどよ、俺はやっぱりオヤジのこと尊敬してるよ。おっかなくてカッコよくて、ビシーッとしてたよな。特に俺らが若い頃のオヤジは」

「……そうだな」

コーヒーを飲みながらつぶやく。

そうだった。鳶田は昔、格好よかった。頭が切れてスマートで、それでいて威圧感があって、大鶴鶏初代のオヤジとはまたちがう男の魅力にあふれていた。たしかに好きにはなれなかったが、それでも鳶田は格好よかった。

それが、どうしてあんなふうになってしまったのか。浅ましいほど金と権力に執着し、部下をトカゲの尻尾みたいに切り捨て、結局は会長の地位も金で売った。

自分もいつか鳶田のようになってしまうのだろうか。いやもしや、すでにそうなりかけているのだろうか。

佐渡島が黙りこくると、連雀は桜を見上げ、「今日明日が見頃だな」とつぶやく。

「明後日あたりから散りはじめるな。そうなったら早えよな。ぱっと咲いて、ぱっと散って。知ってるか、花を咲かすのに桜の木はすげえ体力を使うんだ。だからさっき肥料を埋めてたんだよ。今年もきれいに咲いてくれてありがとな、また来年もよろしくな、って」

開花後の桜に肥料を与えることを〝お礼肥《れいごえ》〟というのだそうだ。

「詳しいな」

「一応、植木屋だからな」

そう語る連雀の表情は穏やかだった。

以前のこいつは常にぴりついていた。自分を大きく見せようとしていきがって、必要以上にヤクザらしくしているようなところがあった。だが今の連雀は表情も雰囲気も落ち着いていて、無理をしている感じがない。それは、現在の生き方や暮らしぶりが、そのまま表れているようにも見えた。

鳶田が長い時間をかけて変わり果てていったように、連雀もまた変わった。人は変わる。生活や環境でいかようにも変わっていく。

遊歩道を出てすぐそばのバス停に、バスがやってくる。

「お、あいつに乗ってくか」

連雀は腰軽く立ち上がると、また明日とでもいう感じで「じゃあな」と言う。去り際に「しっかりやれよ」とつけ加え、足どりも軽くバス停へ向かっていく。

バスが走り去っていっても、しばらくその場に残っていた。

空は次第に暗くなってきて、頭上の桜は今が盛りとばかりに咲いている。懸命なくらいに満開なのが、なんだか悲しい。やがて自分もベンチを立つと、バス停とは反対側の出口に向かって歩きだす。運転手が待機している車へ戻る。

帰宅すると、息子が「トオチャンおかえり！」と玄関先まで迎えにくる。先日購入したランドセルを背中にしょっている。

「しー、ね、しー。カアチャンと夏恵ちゃん、いまネンネしてるの」

昼に人差し指を当てて、ひそひそ声で言ってくる。

リビングでは妻と娘が昼寝ならぬ、夕寝をしていた。ひづるのはだけた胸に赤ん坊は、しっかとしがみついている。また授乳しながら寝落ちしている。キッチンからはいい匂いが漂い、思い出したように空腹を感じる。宴会の場ではほとんど食べていなかったから。

「トオチャン、みてみて」

テーブルの上に置いてあるノートを、坊主は手にとって開く。「佐渡島優」と、ふにゃふにゃした字で書かれてあった。

「スグの名前、漢字で書けた。いっぱい練習したの」

「すごいな、難しい字なのに。がんばったな」

頭をくしゃくしゃ撫でてやると、えっへんというふうに優は笑う。「もう小学生だもん」

「学校、楽しみか？」と尋ねると「うん！」と即答する。

「ひらりちゃんとも同じ学校だし、子ども食堂でできたお友だちにもまた会えるし、給食も楽しみ」

「そうか」

と、頭の上にある父親の左手をとり、

「トオチャンのもげちゃった指、スグの歯みたいに生えてくるかなあ」

息子には、指は事故で切断してしまったのだと説明していた。お前がお泊まり遠足にいってる間、車のドアに挟んでしまったのだと。

いずれ優がもっと大きくなったら、父親に指がないのを改めていぶかしむようにもなることだろう。親の職業を正確に理解もするだろうし、自分の出自に関する事実に勘づくようにもなるかもしれない。

そのとき、こいつは俺を嫌うだろうか。血のつながらないヤクザの父を恥ずかしく感じて、離れていってしまうだろうか。

もしもそうなったとしても、受け入れようと思っている。たとえ息子から嫌われても、自分が息子を愛していればいい。それに、子どもが成長するということは親から遠ざかることでもあるのだから。

「どうかな。歯とちがって指は生えてこないかもなあ」

「そっかあ。トオチャン、かわいそう」

優は父親の短くなった小指と薬指をなでなでして、「痛い?」と問う。そして小さい頃に教えてやったおまじないを唱える。

「いたいのいたいの、とんでけー」

不意に鼻の奥がつんと痛むが、目にぐっと力を入れる。

「あ……帰ってたんですね」

妻が少し眠たげな顔をして、目を覚ます。

「この子におっぱいあげてたら、またうとうとしちゃった」

恥ずかしそうに笑って胸もとを直す。眠る夏恵を抱いて立ち上がり、

「おかえりなさい」

「ただいま」

「襲名式はどうでした？」

「ああ、うまくいった」

よかった、と妻は微笑む。大鵬鶏会の再統合と、自分が四代目会長となることは、妻には予《あらかじ》め伝えてあった。

そもそもひづるは鳶田との、あの手打ちの現場に居合わせていたのだ。鳶田に屈服しかかった自分の情けない姿も、陰惨な殺しあいも、俗っぽい和解も、何もかも見られてしまった。今さら取り繕ってなんになろう。

あのとき自分もまた妻の強さを見た。妻の強さに助けられ、救われた。

帰ってきたらいつもそうするように娘を受けとり、今日の体重をたしかめる。昨日よりもわずかに重い。毎日少しずつ大きくなっていく。変わっていく。薄いまぶたをひくひくさせて、そろそろ起きそうな気配だ。

「あ、ちょっと屈んでください」

そう言われ、赤ん坊を抱いたまま頭を少し傾けると、白い手が耳の後ろにふれる。細い指先が桜の花びらを一片、つまみ上げる。

「ついてた」

花が咲くように笑いかけられて、今度こそ、こらえきれずに涙が出てしまう。

「っ……」

妻の肩に顔をつけると、かすかに甘い肌のにおいがする。

ゆったりとした襟抜きブラウスの肩口に、治りたての銃創が見える。その傷に唇を当てると頭をそっと撫でられる。やさしくもいたわるような手つきに、また涙があふれてくる。

「桜並木を歩いてきた……小学校の近くの」

ぼそりとつぶやくと、「どれくらい咲いていましたか?」と尋ねられる。「満開だった」と答えると、

「明日、みんなで一緒に歩きましょうね」

伸びやかな明るい声で妻が語りかけてくる。

「ああ」

ほっそりとした腕が、背中にふわりとまわされる。

「トオチャン、泣いてるの？　指が痛いの？　悲しいの？」

坊主も抱きついてきて、案じるような声をかける。

「いや、嬉しいんだ」

濡れた声で息子に答える。家族のぬくもりに包まれて泣くのは嬉しかった。心地よかった。まるで心まで抱きしめられているみたいだった。

入学式の後で

長男の小学校の入学式には、夫婦そろって出席した。小さな娘もしっかりとスリングに包まれて同席した。

ひづるは着物を着ていたので、代わって夫がスリングを肩からかけていた。上背があって立派な体格をしているから、赤ん坊を胸にかかえていても妙に堂々として見える。

「すげえ便利だな、これ」

さっきからしきりに感心したふうに、布をいじっている。「坊主のときもこれを使えばよかったな」と。左手の薬指と小指には、抜かりなく義指を装着していた。

体育館での式の後は、新一年生の教室へ生徒と保護者もそろって移動した。優のクラスは一年二組。幼稚園で仲よしだった、ひらりちゃんも同じ組だ。

担任の先生の挨拶に続いて自己紹介、学校生活の説明などを聞いて、教科書やお道具箱が配られる。これが想像していた以上に多くて、夫が一緒にきてくれて、やはりよかった。

自分ひとりでは持ちきれなかったろう。

最後に校庭でクラスごとに記念写真を撮って、解散という流れになる。前のクラスが撮影するのを待っている間、夫は息子のネクタイを直してやっている。

「ほれ、靴下もちゃんと上げて。袖で鼻を拭くなよ」

「ん」

優はネイビーブルーのハーフパンツのスーツ姿だ。水玉のネクタイに、胸ポケットにはハンカチーフ。スーツに着られている感じは否めないが、それもまたかわいらしい様子だった。

ちなみに夫は、昨日の装いよりも地味な色あいのダークグレーのスーツ。ひづるは浅葱《あさぎ》色の単衣《ひとえ》に、芥子《からし》色の帯という組み合わせだ。

すぐ近くでは同様にひらりちゃんが、母親のカスミに身だしなみチェックをされている。パステルブルーのワンピースに白のボレロの恰好が大人っぽく、やわらかそうな栗色の髪をお団子にまとめている。

優が手を伸ばしてお団子にさわろうとすると、「さわっちゃダメ！」と、きっとした表情を向ける。

「さわったら髪ボサボサになっちゃうから、ダメ」

「あんたね、そんな言い方しないの！」

カスミが娘を叱ると、

「だってママも、頭さわっちゃダメよって朝から言ってたし」

利発そうなもの言いで、ひらりはそう返す。撮影準備ができたので、子どもたちはぞろぞろとひな壇へ移動する。優とひらりは前方の列の先生の近くに、隣りあってちょこんと座る。

リハーサルをしている間、カスミ夫妻と改めて挨拶を交わした。

カスミの夫の安藤氏はやさしそうな男性で、いかにも営業マンといった人当たりのいい微笑みを浮かべている。名刺入れから一枚取り出し、夫に差し出す。

「ちょうだいします」佐渡島は両手で受けとると、

「あいにく名刺を持ってきておりませんで、申し訳ありません」

安藤氏に丁寧に頭を下げる。

（この人……こういう態度もとれるのね）

横で見ていて、ひづるは内心驚く。ヤクザとしての夫の顔しか自分は知らなかったけれど、普通《カタギ》の人に対しては、ちゃんとへりくだった対応をする人なのだと、夫の新たな一面を発見する。

カスミは興味津々という感じで、佐渡島に質問をしてくる。

「あのう、佐渡島さんって会社の社長さんなんですよね？　ちなみにどんなお仕事をされてらっしゃるんですか？」

「ママ、いきなりそんなこと訊くの失礼だよ」

「だって『運転手つきの車を奥さんに持たせる旦那さんって、どんだけ稼いでるんだろうね』って、パパだって言ってたじゃん」

安藤氏が妻をたしなめるが、カスミはすかさずに言い返す。その口ぶりはひらりにそっくりだった。

「『クリスマスプレゼントに、奥さんにダイヤの指輪を贈るなんて、カッコいいなあ』って。ねえ」カスミはいたずらっぽい笑みを、自分の夫に向ける。

佐渡島はちらと妻を見て——それに一瞬、ひづるはひやりとするが——穏やかな口調でカスミに答える。

「人材派遣をやっています。社長といっても小さい会社ですので、そんなにたいしたものでもないんですよ」

「でも一国一城の主《あるじ》ですもん。すごいですよ」

そう言うカスミに「さあ、どうでしょうね」と佐渡島は首を振る。

「主よりも、その下で働いている者の方がずっとすごいし、大変だと思うんですよ。なんといっても現場の人間あっての組織ですので」

「そうそう、そうですよね」

安藤氏が我が意を得たり、というふうにうなずく。

「ほんとサラリーマンは大変なんだよ。お得意さまからいきなり電話で呼び出されたり、お酒に付き合わされたりしてさ」

と、これはカスミに向かって言うと、

「でも、いっつも楽しそうに呑んでくるじゃない」

と言い返される。

「いつもこんな感じです」

安藤氏は佐渡島とひづるに苦笑してみせる。そこへ写真撮影を終えた子どもたちが戻ってきて、終了となる。


本日は入学式ということで、主役である優の希望に添ってファミリーレストランで昼食をとることにする。食事中に電話がかかってきて、夫がいったん中座すると、

「カアチャン、ごはん食べたら、ひらりちゃんちに遊びにいっていい？」

お子さまランチお花見バージョンを食べている優が、訊いてくる。なんでも安藤家では最近子猫を飼いはじめたのだという。

「すごくかわいいんだって。ひらりちゃん、見にきていいよ、って」

子どもたちは少し前から、互いのうちへも遊びにいきあう仲になっていた。メールでカスミに確認すると、『オッケーですよん！　来て来て！』と絵文字つきで返事がくる。

「じゃあ、まずおうちに帰って、歯を磨いて服を着替えたらね」

その傍らで、九ヶ月目に入った夏恵は、ベビーチェアに座ってかぼちゃのヨーグルトサラダを食べていた。自分の手でスプーンを握って口へ運ぼうとするけれど、まだまだ覚束《おぼつか》ない。なのでひづるが食べさせてあげている。

電話を終えた夫が戻ってくる。手つかずのままのひづるのランチ和膳を見て「代わるぞ」と、赤ん坊用スプーンを受けとる。

「冷めないうちに食えよ。こいつには俺が食べさすから」

「トオチャン、ごはん食べたら、ひらりちゃんちに遊びにいってくるね」

「ひらりちゃん、ってさっきの子か。お前に頭さわるな、って言ってた」

「うん！」

優は楽しそうにうなずく。

「尻に敷かれてんのな、お前」

「しりにしかれるって、なあに？」

息子の質問に、夫はこう答える。

「トオチャンとカアチャンみたいな感じだ」

「べつに……敷いていませんけど」

箸を動かす手を止めてひづるが反論すると、

「いやあ、なかなか敷いてんじゃねえか。今日なんて俺、荷物持ちだもんな」

娘の口にスプーンを運びつつ、夫は言う。

「ま、ひらりちゃんちもそうみたいだけど、へたに亭主関白するよりも女房の尻に敷かれてやってる方が、家ん中は平和だよ。あそこんちの旦那もよく分かってんな、それが」

なんだか妙にしみじみとした口ぶりだ。

「カアチャンの着物、きれい」

この話題に飽きたのか、優が話を変えてくる。

「カアチャンが着物着てるの、スグ初めて見た。いつ買ったの？」

「あなたが小さい頃から持っていたのよ。これまで着る機会がなかっただけ。どう？　気に入った？」

「うん。カアチャン、もっと着物着て」

　思いがけないリクエストをされる。この色留袖は、まだ幼かったこの子を連れて実家を出てきたときに着ていたものだ。夫のもとから一度離れて、再び会いにいった日だ。あれからもうすぐ四年になる。

　この着物を夫は憶えていたりするだろうか。何も言ってこないけれど。

（まあ、男の人だから、女性の着物には興味なんてないかもね……）

などと思いながら目をやると、佐渡島は黙々と娘に食事をさせている。


　家に帰ると優はさっそく普段着に着替え、歯磨きをして、オセロセットをリュックに詰めた。冷蔵庫に昨日買ったイチゴのパックがあったので、おみやげにと持たせてやる。

「ちょっと待て。今、車を呼ぶから」

　夫は上衣とネクタイを外しながら、新しい送迎役の部下に電話をかける。優は母親の袋帯にもたれるようにして抱きついて「運転手さん、ドードーさんの方がよかった」と、ぽつりと言う。

「ドードーさん、元気かなあ」

　ひづるは無言で息子の頭を撫でる。堂道は百舌の組に預けられたと聞いている。

今は心を入れ替えて夫に忠誠を尽くしているとはいえ、もとは鳶田のまわし者であった男だ。これまでどおり自分たちのそばに置いておくわけにはいかないと夫が判断したのも、尤もだった。

優は堂道になついていただけに、彼がいなくなってからというもの、どことなくしょんぼりしている。また、ひづるはひづるで一点、気になっていることがあった。

堂道はなぜあのとき、夫と鳶田が一触即発の状態となったとき、床に落ちた銃を拾って自分に差し出したのだろう。夫でも鳶田でもなく、自分に。

それがどうも気がかりだった。もし今後、堂道と顔をあわせることがあったら、尋ねてみたいとも思うけれど、そんな機会はやってこないかもしれない。百舌や番など、かつてひんぱんに顔を見せにきた夫の部下たちとも、彼らが独立してからは会うこともなくなったから。

ただ、あの二人に対してそう思っているように、堂道にも元気でいてほしい。それだけだった。

迎えの車がやってくると、優は「いってきまーす」と元気よく出かけていった。

「あまり遅くなるなよ。イチゴを渡すときには『つまらないものですが』って言えよ」

夫は口まめに口上を教えて見送る。パタン……と玄関の扉が閉まり、息子がいってしまうと室内は急に静かになった。

「お茶でも淹《い》れましょうか」

眠ってしまった夏恵をハイローチェアに寝かせる夫に、そう声をかけると、

「あいつ、元気でやってるぞ」

こちらに背中を向けたまま言われる。

「え？」

数秒遅れて、堂道のことだと気がつく。

「やっぱり坊主の送迎は堂道に戻してほしいか？　新しいやつ、いかにもなコワモテだもんな」

「いいえ」

ひづるはきっぱり告げる。その必要はありません、と。

「元気でやってるのなら、いいんです」

夫の横に膝をついて微笑みかけると、

「その着物見るの、二度目だな」

思いも寄らない言葉をかけられる。

「前に教会で見たときも思ったけど、やっぱりその着物、似合うな。緑と薄い青の混ざっ

た色が、お前の髪の色とよくあう」

「……浅葱色っていうんですよ」

そう答える自分の声が、ほんのわずか、かすれていた。

憶えていてくれた。夫はこの着物を、この着物を着た私のことを、忘れていなかった。それが嬉しい。胸がじんわりと、お湯に浸したみたいにあたたかくなってくる。

「そうか」

義指を外した三本しかない指で、髪を梳かれる。まとめた黒髪がほどけて顔にかかるのと一緒に、唇がふれあう。ただ重ねあわせるだけの、ひそやかなキス。それでもどきどきする。夫の手のひらの感触を、髪の毛の一本一本で感じる。

ゆっくりと目を開けると、青みがかったまなざしで見つめられる。

初めてこの目を見たときは、怖いとしか思えなかった。ぞっとするほど恐ろしくて、かえって目が離せなかった。だけど、もしかしたらあのときすでに、自分はこの男に惹かれはじめていたのだろうか……。

そんなことを考えている間に、再び唇を吸われる。今度はもっと深く、強く。厚い舌が入り込んできて、ひづるの舌に絡みつく。

「ん……」

久しぶりだった。こんなふうにキスをするのは二ヶ月以上ぶりだった。あの鳶田邸での一件以来、なんとなく夫婦の接触をしていなかった。互いに怪我を負ったので傷の治りにさわるから、というのもあった。

だけどたぶん本当の理由はそれじゃない。その同じ日に、夫から暴力的に抱かれたこと。まるで、かつてのような強姦じみたセックスを再現したこと。その気まずさを二人とも引きずっていたのだと思う。

あのとき、この男の凶暴性を改めて思い知らされた。夫婦になっていつしか自分は、夫を甘く見るようになっていたのかもしれない……ということにも気づかされた。

そんな自分の動静は、佐渡島にも伝わっていたのだろう。この男は凶暴だけど、同時にとても敏《さと》いから。

「ん……ぅ」

熱い舌で口のなかを愛撫されて、小さな呻き声が洩れる。こくんと喉を鳴らして唾液を飲むと、うっとりとした心持ちになってしまう。夫の舌から自分の舌へ、自分の舌から夫の舌へと、戦慄にも似た情感が通いあう。

広い胸にくったりと身をもたせかけ、夫の膝に乗りかかる恰好になっている。衿《えり》がたるみ、裾もはだけてしまってみっともない。だけど夫はまじまじと見つめてきて、

「着物……いいもんだな」

感じ入ったようにつぶやく。

「なんかこう、ぐっとくるもんがあるな」

その言葉につい、照れ隠しも混じって、ぷぷっと噴き出してしまう。

「笑ったな」

夫も微笑む。

「だって……まじめな顔しておかしいこと言うものだから……」

「そうか？　ほんとだぞ」

妻の頬に手をあてて、艶なまなざしを当ててくる。

「ほんとにぐっとくるぞ」

唇が再び接近する。袖口から腕が入ってきて、肌襦袢《はだじゅばん》越しに身体をまさぐられる。夫の胸に背をつけて座る体勢をとらされて、首を後ろに傾けてキスをしながら胸を揉まれる。背後から両手で両胸を包まれる。

ごつごつとした手の感触が、薄い布を隔てて伝わってくる。骨ばって堅い夫の手のひらは、いかにも男の手という感じがする。がさついて大きく、皮膚はなめした革のようだ。昔はこの手でさわられると、ぞっとした。鳥肌が立った。

だけど今は、ちがう意味あいで肌が粟立つ。ぞくぞくするような快さが全身にゆきわたり、欲望への期待がふくらんでいく。

じっくりとした手つきで、やわらかな肉が揉みほぐされる。そのまま和装ブラをたくし上げられ、直にふれられる。

「はあ」

ため息がこぼれる。

適度に力を入れられて揉み込まれるのは気持ちがいい。むずむずっとくすぐったいような快感が走って、思わず身をよじらせると、もう少し強くされる。

「ん」

ぴんと反らせた喉に、軽く歯を立てられる。男性でいうところの喉ぼとけのあたりを。

右手をゆらりと上げて夫の髪の毛にふれる。こざっぱりと短く整えられた銀髪は、意外と細くて繊細だ。

この髪を撫でるのが好きだ。こうして撫でていると、うっすらと甘いような、せつないような気分が自分のなかに生まれてくる。そうして胸の先がじんじんと、やるせなくなってくる。

授乳期の乳房は、夫の大きな手のひらにも収まりきらないほど張っている。それでいて感度が鈍くなったというわけでもなく、刺激されると尖りがたちまち凝ってしまう。

指先できゅっとひねられて、白いしずくがじわりとにじむ。

「――っ――」

摑んだ髪を、くっと引っ張る。するとさらにひねられて、両方の胸から母乳を出させられてしまう。

睦みあいのさなかにこんないたずらをするのは、最近の夫の悪い癖だった。やられる側としては恥ずかしくてたまらない。羞恥と快感に肌が染まり、甘ったるい乳の匂いが空間に広がってゆく。

手指に力を入れられて、ぐにぐにと揉みしだかれ、

「あぁん」

かすかに媚《こ》びを含んだような啼き声が出てしまう。半衿が大きく崩れて首もとがあらわになると、左の肩口に、二ヶ月前に撃たれた部分に唇をつけられる。

「ん」

昨日もそこにキスされた。夫は泣いていた。夫の涙を見たのは二度目だった。

一度目は四年前、教会で再会したときだった。ひづるの方からプロポーズをしたら、ほんの一瞬、佐渡島は泣いた。そうして昨日はそれよりももう少しだけ、長く泣いた。息子

と妻に挟まれて、娘を抱き上げながら。

泣く夫の姿はいたいけに感じられた。それもおかしなことだった。夫は見るからに屈強そうで、風貌も放つ雰囲気もものものしい。いたいけどころかその反対だ。

だけど昨日、夫の涙を見て自然とこう思った。私がこの人を守って、支えなければ——と。

まだ再生して間もない皮膚を舐められて、ぴくんと肩を震わせる。「痛むか？」と後ろから問われ、首を横に振る。

「ううん……くすぐったくって」

そう答えると、慰撫するように傷痕をやさしく吸われる。

「あぁ」

変な感じがした。敏感な部分をそうされたみたいに、お腹の奥がきゅっとなった。

「すまん」

肩に口をつけたまま夫が謝ってくる。

「またお前を巻き込んで、恐ろしい目に遭わせて、傷つけて……すまん。俺のせいだ」

「大丈夫です」

その髪を撫でながら、ささやく。

「私は大丈夫。あなたこそ……無事でほんとうによかった」

唇が銃創から顔の方へと移動する。キスをしながら自らの衝動に押されるように、着物の帯に手をかける。帯締めを解き、帯揚げも帯本体も外してしまうと、あとは腰ひもだけになる。

その腰ひもを夫の右手が、しゅるりと引く。上半身を覆っていた襦袢が、はらりと落ちるけれど、腰に巻きつけてある裾よけがまだ残っている。急がない手つきで結び目を解いていきながら、夫はささやきかける。

「手間がかかるんだな、着物は」

口調から気持ちのはずみが伝わってきた。妻を脱がせることを、手間がかかることも含めて楽しんでいる。そんな心の在りようが声に表れていた。

布をめくり上げられて、素肌の脚がむき出しになる。裾よけが下着代わりなので、その下には何もつけていなかった。武骨な指が勝手知ったる感じで分け入ってきて、隠しどころにふれてくる。

「ノーパンかよ」

軽く驚いたような反応に、たまらなく恥ずかしくなってしまう。

「……そういうものなんです、着物は……」

消え入りそうな声でつぶやくと、「マジかよ」と言われる。

「すげえな、着物」

夫は左手で左胸を愛撫しつつ、右手で秘部を探索しだす。そこはとうに潤いかけていた。冷たくてかさついた指の侵入を歓迎するかのように、ぶるっ……と下肢がおののく。快い緊張感が全身に充ちていく。快感も期待も。胸の奥がざわめくような昂揚感も。

指先で花弁をすーっとなぞられる。右側も左側も交互に、繰り返し。くすぐったさと気持ちよさが混ざりあい、意識がそこに集中する。

「ん――っ」

夫の胸に背中を押しつけると、左胸を包む三本の指に力が加えられる。

「はぁ……ん」

指と指の間に肉を挟まれて、ふくらみがみだらがましく変形する。なのにちっとも痛くない。むしろ強くされればされるほど、痺れるような快感と共に先端から白い水があふれてくる。まるで途切れることのない射精のようで、自分の身体ながらなんて卑猥《ひわい》なのだろうと思う。

うなじに熱い息がかかり、首をほんの少し後ろへ曲げると、頬に唇を寄せられる。ちゅ、と音を立てて吸われて、そのまま口と口をくっつけあう。濡れた舌を搦めあわせて互いに食みあう。

（ん……ぅんっ……ふぅ）

全身がしっとりしてくる。肌も目も口のなかも、胸も下腹部も。外側からも内側からもあたたかい水がこぼれ出て、自分のすべてを湿らせていく。

撫でさすられていくうちに秘部がくつろいできた。花弁はじんじん熱をもち、奥の方からぬるぬるしてきて、やるせなさにも似た疼きが広がってくる。

快感と裏あわせになった、苦しいようなせつないような疼き。潤みをたっぷりとつけた指の腹で秘核を軽くこすられて、内ももがひくつく。

「ぅく……」

舌を吸われながら短く呻くと、さらに摩擦される。久しぶりに刺激され、たちまちそこが反応する。熱くふくらんで胸の尖りみたいに凝ってしまう。

指先で円を描くようにして粒をなぞられて、肌理の粗い夫の皮膚の、その粗さが快い。そして秘芯の状態と連動させるかのように、左胸の先もきゅっとつままれる。

「——っ」

針で突かれたような快感に息が詰まる。口と胸と秘部を同時にまさぐられ、いいようにされて、もう愛されているのか、なぶられているのか、よく分からない心境になってくる。

秘芯と胸の先端をこりっと硬くされ、こすられて撫でられる。そうされるつど全身から力が抜けていき、なのに甘い痺れが走るたびに腰がびくりと跳ね上がる。

(あ、あぁ……は)

感覚がだんだん引き絞られていく。頭の奥がぼーっとして、肌がぴんと張り詰める。夫の手の感触以外に何も感じられなくなってきて、ただ性感だけが唯一の感覚になってゆく。

(も、もう……だ……め)

凝りきった緋色の粒をぐっと押されるのと同時に、胸の先から白い水が勢いよくあふれ出す。恍惚も、弾けるような快感も。

「んん――んっ」

ふさがれている口のなかで小さく叫ぶと、舌で舌を包み込まれる。溶けあう唾液をこくりと飲むと、水のように澄んだ味がした。

絨毯の上にラグを敷いて、そこへ横たえられる。寝室へ移動する間が惜しかった。窓から射《さ》し込《こ》んでくる午後の日射《ひざ》しを浴びながら、明るい場所で愛しあいたかった。

汗で額に貼りついた黒髪を、指が三本しかない方の手でかき上げられる。その手をそっと摑むと自分のほてった頬に添え、欠損した指先に唇をつける。切断面はきれいに治って、ソーセージの先端みたいに丸みを帯びている。

「気味悪いだろう」

顔のすぐ上で夫が言う。

「ううん」

その短くなった指を、二本とも口に入れる。切り口を舐めしゃぶると、夫が頬の線をぴくっとゆらす。精悍な風貌に艶な匂いが立ちのぼる。そうして母乳に濡れた妻の胸に、顔を埋めてくる。

ぺろりと肌を舐められて、ひづるもまたぴくんとわななく。右も左も、両胸をまんべんなく舌と唇で愛撫される。口のなかいっぱいにふくらみを含まれて、乳首を甘く噛まれる。母乳を直に吸われて背骨がとろけそうになる。

「うーーんんっ」

夫の指を咥えながら甘く啼《な》く。すると、もっと吸われてもっと味わわれる。

互いの身体を舐めあって、しゃぶりあっているなんて、いやらしいうえにはしたない。なのにやめられない。もっと夫の肌に口をつけたい。味も匂いも知りたい。

「これ……脱いで」

ワイシャツに手をかけてかすれた声でねだると、「ああ」と短く返事される。その低い声音に情欲がにじんでいる。夫はシャツもスラックスも、アンダーウェアも脱ぎ落とすと妻の上にかぶさってくる。

「……ん」

ずっしりと身の詰まった重厚な身体を受けとめる。裸の肌と肌が重なる。

極彩色の模様で彩られた背中に腕をまわし、厚い胸筋に唇を当てる。皮膚の匂いを吸って、うっすらと浮かんでいる汗を舐める。固い鎖骨に舌を這わせて、くぼみをちゅっとついばむ。

いつも自分がそうされているように、夫の胸を丹念に愛撫する。

夫はわずかに身じろぎし、だけど細やかな反応を示してくれる。肌をひくりと震わせて、胸の一点が敏感になる。そこにキスをすると、

「んなとこ舐めんじゃねえよ」

困ったような、怒ったような声が頭上にかかる。

「……いやですか？」

上目づかいで問いかけると、夫はかすかに頬を染め、

「汚《きた》ねえだろう、野郎の乳首なんて」

その発言に答える代わりにさらに舐めると、そこはつんと上向く。そのなまめかしさに

どきどきする。

「おまえ……スケベになったな」

「あなたのせいです」

微笑みながらそう言うと、夫も微苦笑を浮かべる。やさしくてやわらかい、今日の日射しのように明るい笑みに嬉しくなる。こんなふうに夫が笑ってくれて、嬉しい。感じてくれて、嬉しい。

唇をふれあわせて手脚を絡めあう。相手の背に腕を巻きつけて脚を交差させる。熱く濡れた性器がこすれあい、互いにあえかに身をゆらす。嬉しそうな、楽しそうな、ちょっぴり照れくさそうな笑いを交わしながら、ゆるやかに結びついていく。

どちらも潤んでいるので、嵌入は難なく進む。ちっとも引っかからない。反撥もこわばりもない。湿潤な粘膜と粘膜がぴったりとあわさって、互いに吸いつきあうようだ。はあ……とキスをしながら口内でため息をつくと、

「つらいか?」

キスを中断して訊かれる。

「俺、急ぎすぎてるか?」

「いえ……」

不意に、胸が詰まりそうになる。嬉しいのに悲しいような、楽しいのにせつないような、ふしぎな気持ちが自分のなかでふくらんでくる。尖った肩甲骨に手をかけて、しがみつくようにして抱擁を深める。

この気持ちをうまく言葉にすることができない。だから動作で想いを伝える。応えるように力強く夫が抱き返してくる。太い腕のなかに閉じ込められて、甘美な苦しさに目まいがしそうだ。

ずにゅ……と下腹部のなかで夫がうごめく。ずっしりと重量感のある熱が、どこまでも自分を充たしてゆく。

「……ん……」

こすられるたびに酩酊《めいてい》が擦り込まれる。うっとりとして心地よく、だけど四肢は緊張する。やるせなさにも似た感覚が全身のすみずみまで流れていって、髪の先端から足の爪先まで、どきどきしてくる。

「あぁ」

自分のすぐ上で夫がかすれ声を洩らす。こもった声音に色がある。内壁が自然としなって夫自身を締めつける。きゅ、と音が聞こえるようだった。夫はせつなげに眉をひそめて、艶麗とした表情になる。

美しい男だと思う。容貌も肉体も、髪も目も際立っている。なのにこんなに禍々しい刺青を彫り込んで、いくつもの傷痕をつけて、とうとう指まで切り落としてしまって。まるで自分で自分の美しさを損なおうとしてるみたいだ。だけど——。

筋肉の盛り上がった肩先に、そっと顔を寄せる。一枚一枚、微妙に形が異なる精緻な鱗に口をつける。肌に浮かんだ汗粒が日射しを受けてきらめいて、龍の鱗も光り輝く。生きてるみたいにうごめいているこの異形の生きものが、無性に美しく見える。

「……好き」

肩に唇を当てたまま陶然としてつぶやくと、

「お前がそういうの言ってくるの、珍しいな」

低くこもった声が耳の中に注がれる。

「そう……ですか？」

「たぶん初めてだぞ。口に出して俺にそう言うの」

そうだったろうか。そうかもしれない。だってこの人も、そういう言葉を口にする男性じゃないから……。

「俺もだぞ」

ぼそりと夫は言う。

「え？」と問い返そうとする唇がふさがれて、再びの、もう何度目かのキスを交わす。口も胸も手脚も性器も密着する。

龍が身体を這ってくる。夫の半身に巻きついているかのごとく太い、大きな降り龍に、自分まで搦めとられているかのような感じがする。熱く濡れた舌にぎゅっと舌が捉えられ、惑溺の味が口のなかに広がる。

四本の手、四本の脚を互いの身体にまわして、押さえ込み、締めつけてラグの上で転がる。下肢をつなげあったまま、ベッドの上ではしないような奔放な動き方をして、快楽の位置を見定めていく。ほんの少しだけ角度をつけたり、微妙に向きを変えてみたり。そうやって自分たちの体勢をつくっていく。

やがて抱きあったまま膝裏に手をかけられ、持ち上げられて、夫のももに尻を押しつける恰好にさせられる。結合がいっそう密になり、芯熱の先端がお腹の底をずん、と押す。

「っはぁ」

あえぎ声と唾液が口からこぼれる。

「ここ、どうだ」

語尾を上げてささやかれて、太い首にしがみつく。

「いい……あっ、あぁ……」

裏返った声でなりふり構わぬ返事をする。その弱い部分を続けて押され、腰がびくんびくんと跳ねる。火傷《やけど》しそうに熱くて、ぴんと反った夫の熱で、繰り返し繰り返しこすられる。弾力のある感触がたまらない。

「っん、んん、っ——」

ずちゅ、ずちゅ……と、粘りけのある音が体内に響く。苦しいくらいのせつなさに、お腹のなかがじんじんしてくる。内壁がひとりでに収縮して、芯熱にぴっちり吸いつく。

みずみずしいほどしなやかな、生命力そのもののような夫自身。それを自分自身で抱擁する。守るように、誰にも傷つけさせないように。そして自分だけのものにするために。

動き方が次第に切迫してくる。肌を流れ落ちる汗が混ざって、自然と片手を握りあっている。夫の左手と自分の右手を。舌を絡め、脚を巻きつけ、腰と腰をゆらめかす。状態は押し迫っているけれど、けっして急がず、逸《はや》らずに。

快楽の瞬間を少しでも先に引き伸ばし、このやるせない感覚をできるだけ長く味わいたい。達しそうで達しない、極みに届く一歩手前のぎりぎりで踏みとどまって、お互いを堪能する。相手を存分に舐めしゃぶって、心ゆくまでもてあそぶ。

それでもじょじょに律動は小刻みになっていく。

熱い渇望で光源を撫でられる。そうされるたびに、夫の苦しさとせつなさが伝わってくる。はち切れそうに張った渇望の動きにあわせて、自らがうねる。女の本能のままに男を受け入れ、抱きとめて、包み込む。

口のなかの呼吸がだんだん重なりあってきて、やがてひとつになった瞬間、身体の奥がおびただしくざわめく。

（あ……いく）

三本の指をぎゅうっと握りしめるのとほぼ同時に、熱くふくらんだ夫自身が一瞬緊張し、やわらかな恍惚をあふれさせる。

（ん、んっ……んん……っ）

麻酔のような陶酔が流れ込んでくる。ひたひたと沁みるように、とろとろととろけるように。互いの隔てが消えてしまう一刻を分かちあう。

心臓がどくどくと脈打っている。生きている証みたいに躍動感のある音が、自分のなかから、そして夫のなかから聞こえてくる。二つの心臓の鼓動を感じあいながら、どちらからともなく微笑《わら》いあう。

「俺も好きだぞ」

夫が言う。今思い出したというふうに、ぼそりと言う。

あーあー、という赤ん坊の甘え声に、ひづるは短いまどろみから目が覚める。

ソファに腰かけている夫の膝に夏恵はちょこんと座って、一緒に絵本を読んでいた。ちなみに夫は裸のままで下着もつけていない。

「ん、起きたか」

「……ええ」

のそりと身を起こし、床に放られたままになっている単衣を、とりあえず羽織る。壁時計に目をやると、そろそろおっぱいの時間だった。

絵本を読むのに飽きたのか、娘は父親の身体をよじ登ろうとしはじめる。太い腕につかまり立ちして、小さな手を肩に、よいしょとかける。口からたらりとよだれをこぼし、きゃっきゃっと笑う。

「おいおい、落っこちるなよ」

夫は夏恵を抱きかかえ、ティッシュを箱から数枚抜いて口もとを拭いてやる。その間も子どもはじっとしていない。父親の腕のなかで、ぷくぷくした身体をばたばたさせて、はしゃいでいる。

「しかしこいつは元気だな」

「お父さんが大好きなんですよ」

ひづるはソファの隣に腰を下ろし、夫の手から赤ん坊を受けとる。途端、夏恵は母親の胸をまさぐって乳首を口に含む。んっく、んっく……と、いい音を立てて母乳を飲みはじめる。その姿を夫はじっと見ている。

「あの、何か……?」

そうまじまじと観察されると、なんだかこそばゆい。そしてとりあえず何か着てほしい。

「いや、いい眺めだなと思って」

一心に胸を吸っている娘の、黒々とした豊かな髪を夫は撫でる。

「お前がこいつに乳をやってるのを見てると、なんか落ち着く」

生えかけてきた小さな乳歯が、やわらかな乳房に当たって、くすぐったい。ついこの間まで本当に赤ちゃんだったのに、今はもうハイハイも伝い歩きもできる。ちょうど去年の今頃はまだお腹のなかにいたというのに。

「一年……経ちましたね」

ひづるはつぶやく。

一年前の桜の時期に、夫がオヤジと呼んでいた大鶴鶏会の初代会長、大鶴鶏仁平は亡くなった。その葬儀から帰ってきた夫は、大鶴鶏はいい時期に亡くなったと言った。これから自分がしようとしていることを見せずに済んだ……と。

あのときは、夫が何を言っているのか分からなかった。夫が何を考えて、これから何をしようとしているのかも。

今は分かる。あのときの言葉の意味も、それを言った夫の気持ちも、この一年で夫がしてのけたことも。今の自分は一年前より夫のことを理解している。この男の凶暴さもやさしさも、強さも弱さも苦しみも、前よりも分かるようになってきている。

「そうだな。一年経ったな」

娘を挟んで、大きな身体がもぞりと寄せられる。両側から赤ん坊を守っているみたいな状態になる。

「また新しい一年がはじまりますね」

「ああ。しっかりやっていかねえとな……肝心なのはこれからだ」

低い、静かな口調で言う夫に「大丈夫ですよ、あなたなら」と、ひづるはささやく。睦《むつ》言《ごと》のようにひそやかに。

私がついていいます。何があってもあなたを支えて——守ります。

そんな思いを込めて、娘をかかえてない方の腕を広い背中にまわす。裸の肌はざらついていて堅かった。まるで龍を抱いているような感じがした。

本日の議題〜夏の慰安旅行編〜（あとがきに代えて）

四代目関東大鶴鶴会執行部での定例会、本日の議題は夏の慰安旅行についてだった。

司会を務める百舌組組長・百舌影文《かげふみ》が、ホワイトボードに決定事項を書いていく。

「では今年の旅行先は〇〇県の××海水浴場となりました。オヤジ、ホテルは貸し切りで押さえましょうか？」

「そうだな。貸し切った方が色々と面倒もねえだろうし、うちの連中ものんびり羽を伸ばせるだろう」

会議室の最上座に着いている四代目会長、佐渡島朱鷺がうなずく。

「なあ、リクエストしていいか？」若頭の目白誠一《せいいち》が軽く手を挙げる。

「あの辺は温泉も有名だろ。どうせ貸し切りにするなら、露天風呂がある宿にしてくれよ」

「いいっすねー」

と若頭補佐のひとり、尾長望《のぞむ》がすかさず乗っかる。

「海の見える大露天風呂とか、ジャングル風呂とかをチンブラでうろつきてえっすねー」

「そうそう。刺青あると、おちおち銭湯にもいけねえじゃねえか。広い湯舟にのんびり浸《つ》かって刺青の見せっこしたくねえか？」

「目白さんの刺青、たしか錦鯉《にしきごい》でしたっけ？　俺の虎です。巨人ファンだけど」と尾長。

「俺は普通に唐獅子《からじし》です」と百舌。

「俺は乱世の奸雄《かんゆう》、曹操孟徳《そうそうもうとく》ですよ。三国志ファンなんで」安生地英雄《ひでお》がドヤ顔で言う。

「実は自分、墨入ってないんで。おふくろが、それだけはやめてくれって泣くもんで……」

おずおずと言う雑間悟《さとる》に、「おお、そりゃあ孝行息子だ」と、執行部内の大御所である総本部長・鳩ヶ谷太一がフォローを入れる。

「では、大露天風呂およびジャングル風呂のあるホテルを押さえておきますね、オヤジ」

百舌が気持ちテンション高めに佐渡島にそう告げる。

「せっかくだから宴会の前に、参加者全員で風呂に入ろうぜ」目白の提案に尾長が乗る。

「いいっすねー、ジャングル風呂で〈だるまさんが転んだ〉やりてえなー」

「オヤジ……お背中……お流しします」

おずおずと佐渡島に言ってくる雑間をすかさず制し、百舌が言う。

「では、俺は前をお流しします！」

「……前でも後ろでも好きにしろよ」

男だらけの湯けむり露天風呂を想像しつつ、四代目会長は静かにため息をつくのだった。

はじめまして、あるいはこんにちは。草野來《らい》です。

今作は2019年1月に出しました『龍の執戀《しゅうれん》』の続編となります。こうして続編を上梓《じょうし》することができたのは、ひとえに読者のみなさま方の感想のお手紙や、SNSやネット上などでの「続きを読みたい」というお声のおかげに他なりません。

ありがとうございます。

なによりもまずそのことに、感謝・感激しています。

思えば前作を書き終えたときは、できれば続編も……という考えは私のなかにはありませんでした……といえば、もちろん嘘になります（苦笑）。ですが、いくら続きを書きたいと作者が望んでも、その大前提として読者さまから求められていなければ……でありますので。それだけにいっそう感謝に堪えません。

前作を経た今作では、登場人物が〈子ども〉から〈大人〉になってゆく話であるように思えます。佐渡島でいうなら〈息子〉から〈父親〉へ、ひづるは〈娘〉から〈母親〉へ。彼らが変わっていく姿を楽しんでくださいましたら、こんなに嬉しいことはありません。

北沢《きたざわ》きょう先生、凄惨かつ壮絶なイラスト（誉《ほ》め言葉です！）、本当にすてきです。担当編集Mさん、今回も大変にお世話になりました。関係者のみなさま、厚くお礼を申し上げます。また次作でお会いできますことを、心より祈っています。

参考文献

『暴力団』溝口敦（新潮新書）
『続・暴力団』溝口敦（新潮新書）
『溶けていく暴力団』溝口敦（講談社＋α新書）
『新装版　ヤクザ崩壊　半グレ勃興　地殻変動する日本組織犯罪地図』溝口敦（講談社＋α文庫）
『闇経済の怪物たち』溝口敦（光文社新書）
『山口組三国志　織田絆誠という男』溝口敦（講談社）
『ヤクザ１０００人に会いました！』鈴木智彦（宝島ＳＵＧＯＩ文庫）
『潜入ルポ　ヤクザの修羅場』鈴木智彦（文春新書）
『経済ヤクザ』一橋文哉（角川文庫）
『ヤクザになる理由』廣末登（新潮新書）
『子ども食堂をつくろう！　――　人がつながる地域の居場所づくり』ＮＰＯ法人　豊島子どもＷＡＫＵＷＡＫＵネットワーク（明石書店）
『地域で愛される子ども食堂　つくり方・続け方』飯沼直樹（翔泳社）

ジュエル文庫をお買い上げいただき、ありがとうございます!
ご意見・ご感想をお待ちしております。

ファンレターの宛先

〒102-8177　東京都千代田区富士見2-13-3
株式会社KADOKAWA　ジュエル文庫編集部
「草野 來先生」「北沢きょう先生」係

ジュエル文庫
http://jewelbooks.jp/

龍《りゅう》の執戀《しゅうれん》　抗争編《こうそうへん》
お嬢様《じょうさま》、組長《くみちょう》の妻《つま》のお覚悟《かくご》を

2020年9月1日　初版発行
2024年2月5日　再版発行

著者　草野 來
©Rai Kusano 2020
イラスト　北沢きょう

発行者 ―――― 山下直久
発行 ―――― 株式会社 KADOKAWA
〒102-8177 東京都千代田区富士見2-13-3
0570-002-301(ナビダイヤル)
装丁者 ―――― Office Spine
印刷 ―――― 株式会社KADOKAWA
製本 ―――― 株式会社KADOKAWA

本書の無断複製(コピー、スキャン、デジタル化等)並びに無断複製物の譲渡および配信は、著作権法上での例外を除き禁じられています。また、本書を代行業者等の第三者に依頼して複製する行為は、たとえ個人や家庭内での利用であっても一切認められておりません。

●お問い合わせ
https://www.kadokawa.co.jp/ (「お問い合わせ」へお進みください)
※内容によっては、お答えできない場合があります。
※サポートは日本国内のみとさせていただきます。
※ Japanese text only

※定価はカバーに表示してあります。

Printed in Japan
ISBN 978-4-04-913247-2 C0193

◆◇◇

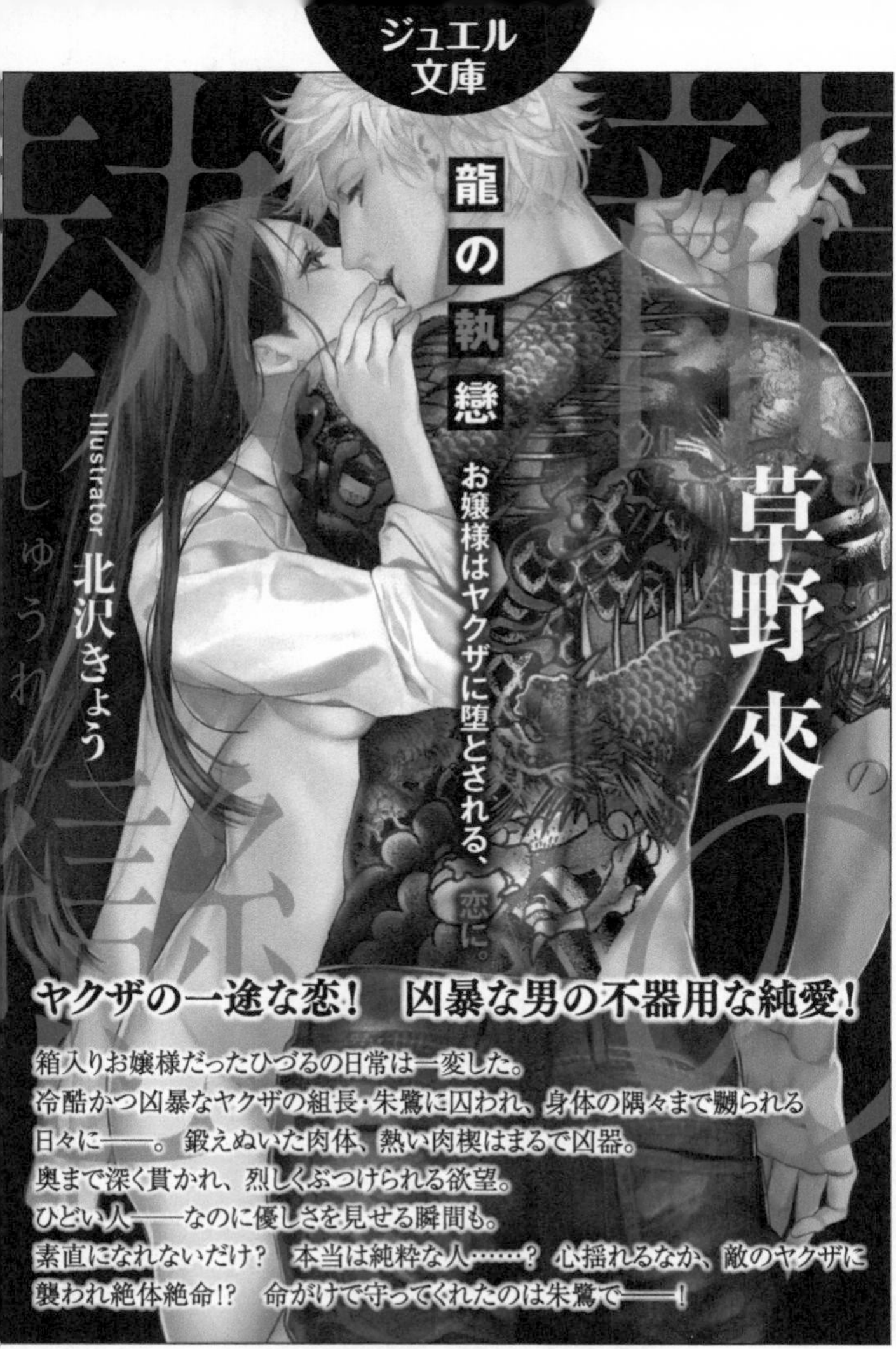
ジュエル文庫
龍の執恋
お嬢様はヤクザに堕とされる、恋に。
草野來
Illustrator 北沢きょう

ヤクザの一途な恋！　凶暴な男の不器用な純愛！

箱入りお嬢様だったひづるの日常は一変した。
冷酷かつ凶暴なヤクザの組長・朱鷺に囚われ、身体の隅々まで嬲られる
日々に——。鍛えぬいた肉体、熱い肉楔はまるで凶器。
奥まで深く貫かれ、烈しくぶつけられる欲望。
ひどい人——なのに優しさを見せる瞬間も。
素直になれないだけ？　本当は純粋な人……？　心揺れるなか、敵のヤクザに
襲われ絶体絶命!?　命がけで守ってくれたのは朱鷺で——！

大好評発売中